三国闲话

郑逸梅 著
散人 注 郑有慧 绘

中华书局

图书在版编目(CIP)数据

三国闲话/郑逸梅著. —北京:中华书局,2018.1(2019.5 重印)
ISBN 978 - 7 - 101 - 12976 - 2

I.三… II.郑… III.《三国演义》研究 IV.I207.413

中国版本图书馆 CIP 数据核字(2017)第 300612 号

书　　名　三国闲话
著　　者　郑逸梅
注　　者　散　人
绘　　者　郑有慧
责任编辑　常利辉
出版发行　中华书局
　　　　　(北京市丰台区太平桥西里 38 号　100073)
　　　　　http://www.zhbc.com.cn
　　　　　E - mail:zhbc@ zhbc.com.cn
印　　刷　北京瑞古冠中印刷厂
版　　次　2018 年 1 月北京第 1 版
　　　　　2019 年 5 月北京第 2 次印刷
规　　格　开本/880×1230 毫米　1/32
　　　　　印张 7⅜　插页 18　字数 120 千字
印　　数　6001 - 10000 册
国际书号　ISBN 978 - 7 - 101 - 12976 - 2
定　　价　28.00 元

出版说明

《三国闲话》原由广益书局 1948 年出版,计 173 则,竖排,无标点。据郑逸梅先生《敝帚小识》(《学林漫录》第八集,中华书局 1983 年版)一文,这个版本的由来大约是这样的:

南社诗人戚饭牛,他和四明徐步蠡相熟,徐氏办印刷事业,业余很爱文艺,有鉴于《三国演义》的销行普遍,打算编一大规模的《三国演义资料大全》,一方面请画家绘了许多图片,一方面请饭牛作许多证考,饭牛觉得单枪匹马,力量不够,就拉了我去助阵。我自幼喜阅小说,便是从《三国演义》开始,对这书是很感兴趣的,也就应允了。不料着手尚未及半,饭牛忽有其他任务,由我一人独当。……不料好事不常,徐氏的印刷事业突然失败,中孚随之收歇,《三国演义资料大全》不了而了,留在我家,堆积屋隅。过了数年,遇到了广益书局的主持者刘季康,他本有这样想法,广益版的《三国演义》没有特点,颇拟增添些考证一类的作品,那么和

1

他家所出的不同，更得推广销路。因此我就把所有的成品，整辑一下，给了广益书局。当时曾抽出一部分，取名《三国闲话》，广益方面先把这《三国闲话》刊为单本。封面为诸葛武侯八阵图遗迹，郑午昌作题签，子目一百数十条……

1987年齐鲁书社整理出版《逸梅闲话二种》，收录此书（另一种为《淞云闲话》），进行了标点，补充了20则内容，文中个别字词也做了修改。黑龙江人民出版社2001年出版的《郑逸梅选集》第五卷亦收入《逸梅闲话二种》，标点文字等略有改动。

此次出版以1987年齐鲁书社版为底本，但断句并未尽依，文字参校其他两个版本做了增减改动，主要是修订讹误，补充脱漏等。另据1948年版补充《五月十三日非关帝圣诞》一则。书中的书名、人名、引文等问题也做了核查与修订，如《画髓元铨》改为《画髓元诠》、《燕下乡脞谈》改为《燕下乡脞录》、赵云松改为赵云崧等。各则的编号为责编在整理时所加。

较前面的版本，中华书局版增加了简注。注释不作征引和发挥，内容包括人名、地名、书名、难解的语词等。同时邀请郑逸梅先生的孙女郑有慧女士据1888年上海鸿文书局《增像全图三国演义》重新绘制了插图。书后附有广益书局1948年版序言及《郑逸梅自述》（节选），希望对读者的阅读欣赏有所启发。

囿于学识和能力有限，书中可能还存在不足之处，敬请各位方家与读者批评指正。

中华书局编辑部
二〇一七年九月

目　录

一　关张及诸葛亮之艺术

世传张飞能画仕女，曩①南洋劝业会开幕，曾有人出桓侯②手绘之仕女图陈列者，然时越二千余年，真赝莫之辨也。按张飞能画，并非无稽之谈。《画髓元诠》③有云，张飞喜画美人，善草书。又关公善写竹，载于《耕砚田斋笔记》④，云公善写竹，有石刻画竹，凛凛刚正干霄。凡言画竹者，始自五代李夫人⑤，不知实创自公也。又诸葛亮善书法，知者亦鲜。《华阳国志》⑥云，《历代名画记》⑦及《图绘宝鉴》⑧云诸葛亮曾为南夷作图绘，天文地理，人物事实，时甚重之。善草书，工篆隶。其子瞻，亦工书画。《演义》叙诸葛亮之出身，未曾言及其父。实则亮父亦名臣也。陈寿《三国志》云，诸葛亮父珪，字君贡，汉末为太山郡丞。亮早孤，从父玄为豫章太守，亮及弟均依之。玄卒，亮躬耕陇亩。

【注释】

① 曩（nǎng）：以往，从前。

② 桓侯：张飞的谥号。

③《画髓元诠》：又作《画髓玄诠》，作者明代卓尔昌，浙江杭州人。

④《耕砚田斋笔记》：作者清代张燕昌(1738—1814)，浙江海盐人。

⑤ 李夫人：五代时蜀人，传说为墨竹画法的首创者。

⑥《华阳国志》：又名《华阳国记》。作者东晋常璩(约291—361)，蜀郡江原(今四川崇州)人。东晋史学家。

⑦《历代名画记》：中国第一部绘画通史著作。作者唐代张彦远(815—907)，浦州猗氏(今山西临猗)人。唐代画家，绘画理论家。

⑧《图绘宝鉴》：绘画史传著作。作者夏文彦，吴兴(今浙江湖州)人。

二　满文之《三国演义》

《三国演义》有满文者，未之睹见①。林琴南《畏庐笔记》②云，《三国演义》在清兵入关时，曾翻译之为满文，用作兵书。明末袁崇焕③之死，即用蒋干偷书之谬说，而督师竟死于阉奴之手。

【注释】

① 睹见：看见。

② 琴南、畏庐：林纾(1852—1924)，字琴南，号畏庐，福建闽县(今福州市)人。近代文学家、翻译家。

③ 袁崇焕(1584—1630)：字元素，明朝名将。

三　年龄之比较

《演义》中以黄忠为老将，死年七十五岁。若比较之，曹操较幼七岁，赵云则差十岁，刘备差十三岁，关羽差十四岁，张飞差十九岁，孙权亦差十九岁，周瑜差二十七岁，庞统差三十岁，孔明差三十三岁。梨园①扮演孔明，往往长须苍颜，人遂以孔明为年高，而周瑜为少年将军。实则周瑜年龄长孔明六岁，斯亦奇已②。

【注释】

　　① 梨园：戏班的别称。

　　② 已：句末语气词。

四　诸葛亮发明之药剂

药铺有卧龙丹及诸葛行军散①，二药皆武侯②征蛮时所用，虽《演义》中未明言药名，只谓解暑药，实已昭彰③可考矣。

【注释】

① 卧龙丹、诸葛行军散：皆为中药，据传是诸葛亮为避瘴气而创制。

② 武侯：诸葛亮（181—234），字孔明，号卧龙（也作伏龙），被封为武乡侯，去世后追谥为忠武侯，后世常尊称为武侯、诸葛武侯。

③ 昭彰：显而易见。

五　周仓之考证

世俗作关壮缪^①像，辄画一手捋须，一手执线装本书，所谓读《春秋》也。实则三国时尚无线装本书，徒见画匠不学耳。又画执鞭随镫^②之周仓，盖本《演义》中卧牛山周仓事也。然陈寿《三国志》却不载，但《演义》云云，亦有根据。如元人鲁贞作《汉寿亭侯碑》，有"乘赤兔兮从周仓"一语。又《山西通志》，周将军仓，平陆人，初为张宝将，后遇关公于卧牛山，遂相从。于樊城之役，生擒庞德，后守麦城，死之。又《世语》，关某于陈留、汝颍间，曾录收关中壮士某，用以自随，其人孔武有力，忠诚坦率，颇能为主效死，壮士疑即周仓。又正史《鲁肃传》，肃邀与关相见，各驻兵马百步上，但请将军单刀俱会，肃因责数^③关云云，语未究竟，立有一人曰：夫土地者，唯德所在耳，何常之有。肃厉声呵之，辞色甚切④。关操刀起谓曰：此自国家事，是人何知？目之使去。可见周仓确有其人，唯未明言姓氏耳。

【注释】

① 关壮缪：关羽死后追谥壮缪侯。
② 执鞭随镫：手里拿着马鞭，跟在马镫旁边。
③ 责数：责备数说。
④ 切：严厉。

六　貂蝉与刁蝉

又世俗以貂蝉与西施、杨玉环、昭君为四大美人。貂蝉正史亦不载，初疑《演义》作者故意着此妖媚人物，以为点缀。及见陈《志·董卓传》：卓使布值守寝阁，布常与卓婢私通。又云：布尝小失卓意，卓拔手戟掷布，幸布拳捷得避之。此中有人，呼之欲出，宜乎《演义》作者构成此凤仪亭①一段妙文也。又《艺林伐山》②云："世传吕布妻貂蝉，史传不载。唐李长吉③《吕将军歌》：'榼榼银龟摇白马，傅粉女郎大旗下。'似有其人也。"又《浪迹续谈》④云："《汉书通志》：'曹操未得志，先诱董卓，进刁蝉以惑其君。'此事异同不可考,而刁蝉之即貂蝉,则确有其人矣。"

【注释】

①凤仪亭:貂蝉和吕布二人私会于此,被董卓撞破。后来传统的戏剧剧目有斯名者,均取材于该事。

②《艺林伐山》:作者杨慎(1488—1559),四川新都(今成都市新都区)人。明代著名文学家。

③李长吉:李贺(约791—约817),字长吉,河南福昌(今河南宜阳县)人。唐代诗人。

④《浪迹续谈》:作者梁章钜(1775—1849),福建福州人。清代学者,文学家、政治家。

七 《演义》作者之失检处

我友陆君澹庵①谓:《演义》叙刘备南漳遇水镜先生事,有云:牧童曰:我本不知,因尝侍师父,有客到来,多曾说有一刘玄德,身长七尺五寸,垂手过膝,目能自顾②其耳,乃当世之英雄,今观将军如此模样,想必是也。观此,可知牧童之所以能认识刘备,因为有以下三种条件:一身长七尺五寸,二垂手过膝,三目能自顾其耳。但若加以仔细研究,便知刘备当时骑在马上,身长若干,两手是否过膝,牧童一定无从瞧见。至于目能自顾其耳,更不是他人所能知道。此乃作者失检处。澹庵读书，心细如发③，殊堪钦佩也。

【注释】

　　① 陆君澹庵(1894—1980)：后改名澹安，江苏吴县(今江苏苏州)人。南社成员，古典文学研究专家。

　　② 顾：回看。

　　③ 心细如发：小心谨慎，考虑周密。

八　张飞亦能用计

　　张飞有"莽将军"①之号，然有时亦能用计②以制敌。用计之可考者，如《演义》二十二回"智擒刘岱"、四十二回"当阳道用疑兵计"、六十三回"智擒严颜"、七十回"智取瓦口隘败张郃"皆是。

【注释】

　　① 莽将军：张飞官至车骑将军，也被称为莽张飞。

　　② 用计：使用计谋。

九　关公中箭之次数

关公中箭先后凡[1]数次。第一次为韩福箭中左臂,第二次为黄忠箭中盔缨[2],第三次为庞德箭中左臂,第四次为曹仁箭中右臂。

【注释】
　① 凡:总共。
　② 盔缨:头盔上丝织饰物。

一〇　诸葛亮乘马火攻各四次

诸葛亮每出必乘车,但有时亦乘马,如三十九回"荆州城刘琦宅前下马"、五十三回"得长沙马上占课[1]"、六十四回"上马退过金雁桥"、九十三回"攻天水郡上马出重围"。又诸葛亮善用火攻[2],如"火烧博望坡""火烧新野城""火烧藤甲兵""火烧葫芦谷",连用四次之多。

　① 占课：起课；卜课。

　② 火攻：用火烧法攻击敌军。

一一　兵刃之斤数

　　兵刃①之有斤数者，如关公青龙偃月②刀八十二斤，典韦双铁戟③八十斤，王双大刀六十斤，纪灵三尖两刃刀五十斤。

【注释】

　① 兵刃：指刀、剑、戈、矛等兵器。

　② 偃月(yǎn yuè)：半月形的器物。

　③ 戟(jǐ)：古代一种合戈、矛为一体的长柄兵器。

一二　有名无姓与有姓无名者

　　纳凉闲话，偶以三国中有有名无姓者，亦有有姓无名者为谁见问①，则往往瞠目②不能答。实则有名无姓者，如普净、貂蝉、云英；有姓无名者，如丁夫人（曹操正妻）、毛氏（曹叡后）、卞氏（曹操妻）、王肃女（司马昭妻）、王氏（赵昂妻）、王美人（何后鸩死③）、王夫人（孙权次妻）、王经之母、太史慈之母、孔融二子、甘夫人（刘备妻）、田氏（濮阳城中富户）、伏后（献帝之后）、伏后二子、全后（孙亮之后）、朱太后（孙休之后）、何氏（孙皓之母）、何后（何进之妹）、吕布之女、李氏（马邈妻）、李氏（庞德妻）、吴懿之妹、吴押狱（华佗授《青囊书》④者）、吴押狱之妻、吴夫人（孙坚之妻）、吴国太（孙坚次妻）、金祎之妻、胡氏（刘琰妻）、姜维之母、崔夫人（刘谌妻）、桓范之子、马氏兄弟、马谡之妻子、马超之妻子、孙绲之姊、孙策之女（陆逊之妻）、唐氏（少帝妃）、徐氏（孙翊妻）、徐庶之母、徐夫人（孙权夫人）、费氏（刘璋之妻）、陈氏（刘表前妻）、曹嵩妾、曹熊之四子、曹氏（吕布妻）、曹文叔妻、曹爽妻、曹贵人（曹操女）、袁术之子、郭常之子、郭夫人（曹叡后）、郭汜妻、张皇后（曹芳妻）、张飞之女（后主妻）、乔夫人、大乔（孙策妻）、小乔（周瑜妻）、黄氏（诸葛亮妻）、黄奎之妻、冯方女、董卓母、董太后（刘苌妻）、董贵妃（董承之妹）、杨彪之妻、杨氏（马超之妻）、杨阜兄弟七人、杨阜之姑、赵范之兄、邹氏（张济妻）、甄氏（曹丕妻）、管辂之父、管辂之舅、诸葛恪之妻、樊氏（赵范之嫂）、刘氏（袁绍后妻）、刘氏（曹爽妻）、刘安妻、刘备之母、刘禅之女、蔡夫人（刘表妻）、鲁肃之母、潘夫人（孙权夫人）、糜夫人（刘备妻）、关公之女、蹇硕之叔、庞德之嫂、严氏（吕布妻）。观此可知有姓无

10

名者,欲尽举之,殊非易易也。

【注释】

① 见问:见,助词,表示被动或对我如何。见问,即问我。

② 瞠目:张大眼睛直视,形容受窘的样子。

③ 鸩(zhèn)死:犹鸩杀。指被毒酒毒死。

④《青囊书》:此书为华佗倾毕生经历所作,记载了华佗的行医经验。

一三　张任当有须髯

《益部耆旧杂记》①云,擒任,先主闻其忠勇,令降之。任厉声曰:"老臣终不复事二主矣!"观此可见张任被擒时,年已衰老。然京剧《金雁桥》,饰张任为一少年将军,不加须髯②,似乎不合。

【注释】

①《益部耆旧杂记》:作者陈寿(233—297),巴西安汉(今四川南充)人。西晋史学家。

② 须髯:意思是络腮胡子。这里指的是髯口,京剧中代表剧中人物年龄、性格的一种不可少的化装装饰。

一四　《〈三国疆域志〉补注》

名医谢利恒君之尊人①钟英②先生,熟于史地,以洪北江③《三国疆域志》一书考证不详,乃有《〈三国疆域志〉补注》之刊行,书计八册。前曾询之利恒君,据云该书现已无存,版本藏于苏州图书馆。

【注释】
　① 尊人:对父母或长辈的敬称。
　② 钟英:即谢钟英(1855—1901),江苏常州人,出身世医家庭。
　③ 洪北江:洪亮吉(1746—1809),字君直,一字稚存,号北江,阳湖(今江苏常州)人。清代经学家、文学家。

一五　《演义》人名之可以为对及文虎者

《演义》人名,可以为对①者,如宋白韩玄、刘度董衡、杨柏虞松、孙瑞王祥、丁谧辛评、沮鹄文鸯、徐盛王昌、赵月区星、杨丑蒯良，吕布张球、牛辅马腾、孙策王方。《演义》人名，可以为文虎②者，如巡街御史，射③管辂；八百岁，射彭永年；恻隐之心人皆有之，射曹仁；聪明面孔笨肚肠，射颜良文丑；日食万钱，射何进；谜语非尽杜撰，射文虎典满；厮，射马宇；不抵抗失去东北，射边让；乔太守乱点鸳鸯谱，射审配；刻木事亲，射丁奉；大当十八月小当六月，射典满；风正一帆悬，射张布；眉山轼辙，射苏双；立秋，射伏完；铁面无私，射严颜法正。

【注释】

① 对：双，成双的。这里指按照字音的平仄和字义做成对偶的语句。

② 文虎：用文句做谜面的谜语。

③ 射：猜度。

一六　桃园结义非事实

刘、关、张桃园结义，非事实所有。陈寿《三国志》先主与关、张二人，寝则同床，恩若兄弟。而稠人广坐①，侍立终日，随先主周旋②，不避艰险。又云，飞少与关羽俱事先主，羽年长数岁，飞兄事之。《演义》乃据此敷衍③耳。后世数人合资，开设店铺，必

悬关帝轴,以取同心合义之意。降至近今,即独资者,亦悬关帝
轴,成为习俗矣。

【注释】

　　① 稠人广坐:指人很多的地方。坐,同"座"。

　　② 周旋:交际应酬。

　　③ 敷衍:铺陈发挥。

一七　诸葛亮出祁山非太和元年

　　诸葛亮出祁山,据《蜀志》在建兴六年①,即魏太和二年②。
《演义》云元年,误。

【注释】

　　① 建兴六年:228 年。建兴,后主刘禅的年号。

　　② 魏太和二年:228 年。太和,魏明帝曹叡的年号。

一八　张飞亦用刀

世皆知张飞用丈八长矛,不知有时亦用刀。尝见某笔记载张飞初拜①新亭侯,自命匠铸赤朱铁为一刀。

【注释】

① 拜:授予官职。

一九　孙夫人不名尚香

京戏及蹦蹦戏①演《祭江》,辄称孙夫人为孙尚香。实则孙夫人名仁②,尚香之名不知从何而来。

【注释】

① 蹦蹦戏:评剧的前身,是一种北方地区的传统戏曲艺术。原名半班戏,读音讹变为蹦蹦戏。

② 仁:孙仁,《三国演义》中吴国太所生之女名。

二〇　有其人而无姓氏者

《演义》中有其人而无姓氏者,如张飞折柳条所鞭之督邮、糜竺途遇之美妇人、黄巾贼①之副元帅、霸桥边郭汜劫驾之二将、随太史慈出战之一小将、郑康成之二慧婢、刺小霸王之许贡家客三人、檀溪岸牧童、潜②孔融之郗虑一家客、张辽营中欲为内应之后槽、随普净僧一小行者、关兴迷途所遇庄上老人、刘禅所信之师婆。

【注释】
① 黄巾贼:《三国演义》中对黄巾起义者的蔑称。
② 潜(zèn):说别人的坏话,诬陷,中伤。

二一　姓之最多者

姓之最多者,刘①,八十四人;张,七十四人;王,五十二人。

① 刘：指姓刘。后面分别指姓张、姓王。

二二　五虎将所杀之人

蜀五虎将①所杀之人，关羽所杀者：夏侯存、程远志、管亥、华雄、车胄、颜良、文丑、孟坦、孔秀、韩福、卞喜、王植、秦琪、蔡阳、荀正、杨龄、成何。张飞所杀者：高升、邓茂、纪灵、陈孙、吕翔、夏侯兰、周善、曹豹、郝萌、夏侯杰。赵云所杀者：邢道荣、陈应、鲍龙、慕容烈、焦炳、朱然、晏明、刘晙、马汉、张武、吕旷、淳于导、夏侯恩、钟缙、钟绅、苏颙、裴元绍、麴义、韩德、韩琼、韩瑶、韩琪、韩瑛、朱赞、高览、金环三结元帅、曹营名将五十余人。马超所杀者：李通、马玩、梁兴、李蒙、王方、韦康、赵月、姜母②、杨柏、杨阜兄弟七人。黄忠所杀者：邓贤、韩浩、夏侯渊、史迹。

【注释】

① 五虎将：亦称五虎将军，指刘备的五员将领关羽、张飞、赵云、马超、黄忠。

② 姜母：姜叙之母。

17

二三 庞统死于落凤坡无确据

庞统死于落凤坡，《演义》之言，不足为信。王文简①《雍益集》有《落凤坡吊庞士元》诗，《蕙榜杂记》②讥其承讹袭用③，一无确据。《柳南随笔》④云，《三国志·庞统传》云先主进围雒县，统帅众攻城，为流矢所中，卒。按，统致命处在鹿头山下，今其墓尚在。"落凤坡"之称，盖小说家妆点之词，而王新城吊庞士元之作，竟以"落凤坡"三字著之于题，则以《演义》为典要⑤矣。

【注释】

① 王文简：王士禛(1634—1711)，原名王士禛，号阮亭，又号渔洋山人，世称王渔洋，谥文简，山东新城人。

②《蕙榜杂记》：作者严元照(1773—1817)，浙江湖州人。

③ 承讹袭用：即以讹传讹，亦做承讹袭舛，或承讹袭谬。

④《柳南随笔》：作者王应奎(1683—?)，江苏常熟人。

⑤ 典要：准则，标准。

二四　蒙人信仰关公

　　清人某有笔记一则云：本朝羁縻①蒙古，实是利用《三国志》一书。当世祖之未入关也，先征服内蒙古诸部，因与蒙古诸汗②约为兄弟，引《三国志》桃园结义事为例，满洲自认为刘备，而以蒙古为关羽。其后入帝中夏，恐蒙古之携贰③焉，于是累封忠义神武灵佑仁勇威显护国保民精诚绥靖翊赞宣德关圣大帝，以示尊崇蒙古之意。是以蒙人于信仰喇嘛外，所最尊奉者，厥唯关羽。二百余年，备北藩而为不侵不叛之臣者，端在于此。其意亦如关羽之于刘备，服事唯谨也。确为未经人道语。所谓《三国志》，即《演义》是。

【注释】
　　① 羁縻(jī mí)：此处为笼络控制之意。
　　② 汗：可汗，古代蒙古等族对其统治者的称号。
　　③ 贰：背叛。

二五　关公斩貂蝉之谜

貂蝉，一代美人，不知如何结局。俗说为关公所斩，不但为正史所无，即《演义》亦不载。予颇滋怀疑。友人唐君玉虬[1]，以明李彦和[2]《见闻杂记》见示，有云：余游会稽饮同年家，席间宗春元(楷)谈子陵先生、关云长事，曰："子陵不事王侯，高尚其志，人亦有做得到的，只是加足于帝腹，勉强做不来。明烛达旦，世传云长大节。然少知义理者，或可为之。唯斩貂蝉一节，非有大识见，大气概，举手便软了。此二事真三代以后奇绝事也。"玉虬君谓：据此，则关公明烛达旦及斩貂蝉一事，必出于宋元以前儒家记载。彦和为嘉靖间博雅儒者，不应与子陵事相提并论，可知此说自有来历也。或云，斩貂蝉实为赞貂蝉，则一字之差出入大矣。

【注释】

①　唐君玉虬：唐鼎元(1894—1988)，字玉虬，号羼公，江苏常州人。著名医家兼诗人。

②　李彦和：李乐(1532—1618)，字彦和，号临川，浙江桐乡人。明穆宗隆庆二年(1568)进士。所著《见闻杂记》九卷，续二卷。

董太師大鬧鳳儀亭

劉備南漳遇水鏡

張翼德義釋嚴顏

火烧藤甲兵

典韋

宴長江曹操賦詩

文醜

曹操割鬚棄袍

張翼德怒鞭督郵

諸葛亮安居平五路

關雲長義釋曹操

諸葛亮草船借箭

劉備躍馬過檀溪

馬超

諸葛亮饅頭祭瀘水

孔明巧布八陣圖

二六　孙夫人与八字娘娘

戚饭牛①谓,俗传八月八日,系八字娘娘②生日。有指八字娘娘,即刘备之妻孙夫人者。孙夫人投枭矶而死,封为枭矶娘娘,专营人生年月日时八字云云。无稽之谈,不足以为信也。

【注释】

① 戚饭牛:即戚牧(1877—1938),字和卿,一字饭牛,号牛翁,别署饭牛翁,浙江余姚人。南社成员之一。

② 八字娘娘:传说为天庭中专管分配世间八字的神仙。

二七　五月十三日非关帝圣诞

世俗以阴历五月十三日为关帝圣诞。梁章钜①《归田琐记》云:今以五月十三日为关帝生日,见《明会典》。但子平②家推算八字,为四戊午,则非也。公殁于建安二十四年③己亥。元胡琦考之,当在六十上下。果戊午,仅四十有二年。戊午乃光和元年④,考《通鉴目录》,是年四月庚午朔,五月己卯朔,无戊午日。按大鼓书词云:五月十三日乃关公单刀赴会之辰。世俗或因此而缠误,未可知也。

【注释】

① 梁章钜(1775—1849):字闳中,又字茞林,晚号退庵。著有《归田琐记》《退庵随笔》等。

② 子平:指星命之学,是一种根据星象或人的生辰八字推算人的命运的迷信方法。

③ 建安二十四年:219 年。建安,东汉末年汉献帝刘协的年号。

④ 光和元年:178 年。光和,东汉灵帝刘宏的年号。

二八　十常侍自相屠戮

《演义》中之十常侍①,乃张让、赵忠、封谞、段珪、曹节、侯览、蹇硕、程旷、夏恽、郭胜也。第二回书中,袁绍入宫收蹇硕,硕慌入御园花阴下,为十常侍郭胜所杀。蹇硕与郭胜,同为十常侍,何以忽自相屠戮,书中未曾叙及,当属漏②笔。

【注释】

① 十常侍:《演义》中操纵政权的十位宦官,他们都任职中常侍,故称十常侍。

② 漏:遗漏;疏忽。

二九　袁小修日记所述之三国遗迹

　　昔袁小修①南归,作隆中游,过檀溪寺,于《日记》中略述遗迹,云檀溪寺即玄德跃马处,寺已敝,唯有二柏,缨络累累。此地旧有鸭湖,上承沔水,与檀溪相通,灌于习地,自襄阳城西往,皆浩然巨浸,今为平陆矣。数里有的卢②冢,古今多少人类,皆夷灭无闻,而的卢家墓犹存,名同天壤不朽的卢,亦何可及。当天下多事,不唯勇将谋臣,项背相望,而追风蹑电之足,联镳按辔③,以供疆场之用。是时操有绝景,洪有白鹤,布有赤兔,飞有玉追,几与八骏争奇。又云,后世以"孔明躬耕南阳"一语,遂疑其迹在南阳,不知两汉皆以南阳郡为荆州刺史治,荆、襄皆隶焉,南阳其总辖郡名,故《耆旧传》或称荆州诸葛孔明,自称南阳,有以也。习凿齿④去孔明不远,其寄桓秘书曰:西望隆中,想卧龙之吟,缕缕皆襄中事,明明如此,何复致疑。且考汉初平元年⑤,魏已得南

23

阳,遣将屯樊城,以窥荆襄。至十二年,先主始见孔明于隆中,其不应涉敌境而访贤也亦明矣。道人所未道,足为读《三国演义》者之一助。

【注释】

　① 袁小修:袁中道(1570—约 1626),字小修,一作少修,湖北公安人。明代文学家。

　② 的卢:良马名。下文的绝景、白鹤、赤兔、玉追等均为良马名。

　③ 联镳按辔(liánbiāo ànpèi):联镳,犹联鞭。按辔,扣紧马缰使马缓行或停止。

　④ 习凿齿(约 317—约 384):字彦威,湖北襄阳人。东晋著名史学家、文学家。有《与桓秘书》一文留世。

　⑤ 初平元年:190 年。初平,东汉皇帝汉献帝刘协的年号。

三十　凤雏亭与石凿马槽

庞士元治耒阳,《演义》谓士元好酒废事,先主命桓侯按问①,孙乾随,士元以半日尽了②,一应诉讼钱粮积案,曲直分明,其民拜服。耒阳在湖南,今尚有凤雏亭、石凿马槽两遗迹。唯亭以失修而倾圮③,石凿马槽即桓侯饲马处,亦没于草莽中矣。

【注释】

　　① 按问：查究审问。

　　② 了：结束，了结。

　　③ 倾圮（qīng pǐ）：倒塌。

三一　木牛流马之先声

　　褚稼轩①《坚瓠集》云，武侯居隆中，客至，命妻黄氏具②面。顷之③面至，侯怪其速。后潜窥之，见教木人斫④麦运磨。拜求其术，变其制为木牛流马云⑤。按《丙辰札记》⑥斥《演义》叙述祭风及制造木牛流马等事为神奇诡怪，未免失之于陋。不料《坚瓠集》更甚其词，然姑妄言之，姑妄听之，亦不必深求也。

【注释】

　　① 褚稼轩：褚人获（1625—1682），字稼轩，又字学稼，号石农等，长洲（今江苏苏州）人。明末清初文学家。所著《坚瓠集》为清代笔记，正集为十集。

　　② 具：准备饭食。

　　③ 顷之：不久。

　　④ 斫：用刀砍，这里指割。

　　⑤ 木牛流马：据传为诸葛亮发明的运输工具，分为木牛与

流马。

⑥《丙辰札记》：作者章学诚(1738—1801)，会稽(今浙江绍兴)人。清代史学家、思想家。

三二　关公杀势豪载于《关西故事》

《演义》叙述关公，谓在河东解良，杀一势豪，遂逃难江湖云云，甚为简略。《关西故事》载，蒲州解梁关公本不姓关，少时力最猛，不自检束①，父母怒而闭之后园空屋。一夕，启窗越出，闻墙东有女子啼哭甚悲，有老人相向而哭，怪而排墙询之。老者诉云："我女已受聘，而本县舅爷闻女有色，欲娶为妾，我诉之尹，反受叱骂，以此相泣。"公闻大怒，仗剑径往县署，杀尹并其舅而逃。至潼关，闻关门图形②，捕之甚急。伏于水旁，掬水洗面，自照其形，颜色变苍赤，不复认识。挺身至关，关主诘问，随口指关为姓，遂不复易。东行至涿州，张翼德在州卖肉，其卖止于午。午后即将所存肉下悬井中，举五百斤大石掩其上，曰："能举此石者与之肉。"公适至，举石轻如弹丸，携肉而行。张追及，与之角力③，相敌，莫能解。而刘玄德卖草履亦至，从而止之，三人共谈，意气相投，遂结桃园之盟云云。语皆荒诞不可信。笔札如此，品

26

斯下矣。

【注释】
　① 检束：检点约束。
　② 图形：画像,图绘形象。
　③ 角力：徒手相搏,较量武力。

三三　赠袍赠马之所本

　　《志传》有"操礼公甚厚"一语,《演义》作者乃点缀之为赠袍赠马,三日一小宴,五日一大宴,等等。具见作者笔墨之灵活,若胶柱鼓瑟①以为之,便是笨伯②。

【注释】
　① 胶柱鼓瑟：比喻拘泥成规,不知灵活变通。
　② 笨伯：泛指愚笨的人。

三四　宴长江曹操赋诗根据《赤壁赋》

　　第四十八回《宴长江曹操赋诗》，操本传未载，盖根据苏子瞻①《赤壁赋》"酾②酒临江，横槊③赋诗"二句而演衍之。然子瞻云云，亦当有所本，奈一时无从稽考④耳。

【注释】

　　① 苏子瞻：苏轼（1037—1101），字子瞻，号东坡居士，眉山（今属四川）人。北宋文学家、书法家、画家。

　　② 酾(shī)：又读 shāi，斟(酒、茶)。

　　③ 槊(shuò)：长矛，古代的一种兵器。

　　④ 稽考：考核，观察核查。

三五　诛文丑史不明书

　　读"关公斩颜良诛文丑"一则文字，自虎虎有生气。斩颜良事，载于史传；至于诛文丑，则史不明书。只《操传》云，绍①骑不满六百,遂纵兵击,大破之,斩丑。所谓斩者,未知是否关公所斩。但宋洪迈②《容斋二笔》云:关公手杀袁绍二将颜良、文丑于万众之中。此殆《演义》之所本。

【注释】
① 绍:指袁绍。
② 洪迈(1123—1202):号景卢,又号容斋,饶州乐平(今江西乐平)人。南宋著名文学家。

三六 三国名人之身长核计

云间①张若水君,熟于古制,谓三国时所用之尺为莽尺,每一尺当今七寸二分。予因将三国名人之身长核计之:身长七尺者三人,如诸葛恪、陈武、曹操,合今长五尺。身长八尺者十人,如刘备、张飞、许褚、文丑、诸葛亮、魏延、马腾、彭羕、陆逊、文鸯,合今长五尺八寸。身长九尺者四人,如王双、郝昭、关羽、华雄,合今长六尺五寸。以上诸人,虽犹较今人为长,然尚在情理之中。唯兀突骨身长二丈,合今亦须一丈四尺,则属不经之谈②,不得以此为准则也。

【注释】

① 云间：旧时松江府的别称。现在上海松江区一带。

② 不经之谈：荒诞无稽、没有根据的话。

三七　袁绍子患疥痁

曩与半兰①师闲谈《演义》，谓第二十四回，曹操攻徐州，刘备使孙乾求救于袁绍。绍曰："吾生五子，唯最幼者极快吾意；今患疥疮②，命已垂绝，吾有何心更论他事乎？"疥疮之疮字，乃传写之讹。《左传》昭公二十年："齐侯疥，遂痁③，期而不瘳④。诸侯之宾问疾者多在。"是疥而变为痁，其病较重。疥乃痎⑤字之假借，二日一发疟也。多日之疟曰痁。《演义》作者，因《左传》既借用疥字以代痎字，则亦沿用疥痁二字而不复改作痎痁。不然，癣疥之疾，袁绍亦未必引为深忧。下句命已垂绝，亦断断乎不能接上，故知原书必为疥痁二字也。

【注释】

① 半兰：胡蕴（1868—1939），字介生，号石予，室名半兰旧庐、容膝轩等，江苏昆山人。南社耆宿，郑逸梅的老师。

② 疥疮：形成脓疮或鳞屑的皮肤病，下文的"癣"也是一种

皮肤病。

    ③ 痁（shān）：疟病。

    ④ 瘳（chōu）：病愈。

    ⑤ 痎（jiē）：二日一发的疟疾。

三八　双乔传

    予于居停①但宅,见手抄本《双乔传》,系弹词体,以大乔、小乔为书中主人,故叙孙家事独详,与《演义》颇多出入。唯讹字百出,文笔幼稚。居停曾委予改编刊行,奈予因循②未果③。及"一·二八"之役,被毁于硝烟弹火中。惜哉!

【注释】

    ① 居停：寄居的处所。

    ② 因循：这里指迟延拖拉。

    ③ 未果：没有实现。

三九　三国古物出土

数年前《新闻报》载,四川东安县南部之张飞岭,相传为张桓侯进攻零陵驻军处。日前有当地土人某甲掘土得一坛,内贮金碗金杯各一,张飞金印一颗,印旋①为某巨商以千金购去。又民国二十一年报载,成都城内胡氏宅,为当年赵子龙舞剑射鹄②处。胡宅偶因浚③池,得一铁盒。发之,获一极精之汉玉印,直径二寸,纽为虎头,上刻篆体四字,曰"常山子龙"。以印无官衔,当为子龙私章,盖一千七百余年前物也,与张飞金印,可谓无独有偶。后为北平古玩商以万金购去,既而由日本考古家出五万金之代价,运赴日本。希世之珍,不能自保,沦入异域,殊可叹也。

【注释】
① 旋:不久。
② 鹄:水鸟,也称天鹅。
③ 浚:疏通。

四〇　黄鹤楼事迹

　　京剧中有《黄鹤楼》一出。黄鹤楼事迹,不但史传所不载,即《演义》亦未提及。颇疑无本无源,梨园子弟何以演诸红氍[①]。及读至治[②]《三国志平话》,始知京剧乃据此所编也。如云:周瑜告皇叔,南有黄鹤楼,有金山寺,王母阁,醉翁亭,皆吴中绝景。来日,周瑜邀皇叔过江,上黄鹤楼宴会。周瑜侑[③]酒,言诸葛虽强,如何使皇叔过江。皇叔大惊。军师入寨,不见皇叔。赵云谓是张飞之过。欲斩飞,众官告免。遂使糜竺过江,持纸条见皇叔。上书八字:得饱且饱,得醉即离。皇叔告曰:若公瑾行军,备作先锋。周瑜大喜,弹琴饮酒。待瑜大醉,皇叔潜身下楼,遁江岸。瑜醒,众官告曰:皇叔去了多时。瑜大怒,碎琴,骂众官:吾一时醉,奈何走了滑[④]虏。京剧虽依据此段事迹编演,然有增损改变处,亦不尽相同也。

【注释】

　　① 氍(qú):毛织的地毯。旧时演戏多用来铺在地上或台上,红氍即红地毯,代指舞台。

　　② 至治:元英宗的年号。

　　③ 侑(yòu):在筵席旁助兴,劝人吃喝。

④ 滑：狡诈，不诚实。

四一　麦城乃墨城之讹

　　关公就义处曰麦城。或曰，麦城土壤，色黑似墨，故名墨城。所谓麦城者，乃墨城之转①讹②也。

【注释】
　　① 转：辗转。
　　② 讹：讹传。

四二　后主为司马徽之徒孙

　　某笔记载：尹默字思潜，涪①人也。少与李仁同受学司马徽②，专精《左氏春秋》，以《左传》授后主。后主立拜谏议大夫③，子宗亦为博士。观此可知后主为司马徽之徒孙。

【注释】

① 涪(fú)：古州名，故治所在今重庆涪陵市。

② 司马徽：东汉末年名士，精通道学、兵法、经学等，有"水镜先生"之称，司马徽向刘备推荐了诸葛亮、庞统等人。

③ 谏议大夫：官名。

四三　关索善枪

清赵云崧①（翼）有《关索插枪岩歌》云："曾从诸葛征南来，丈八铁枪插于此。"可见关索善枪。《水浒传》中有"病关索"之绰号，盖关索之名，虽于《蜀志》无征②，然由来已久，似非完全子虚者。然《池北偶谈》③云："云贵间，有关索岭，有祠庙极灵。云明初，师征云南，至此见一古庙，庙中石炉，插铁箭一，钑④其上曰：汉将关索至此。云南平，遂建关索庙，今香火甚盛。《月山丛谈》：云南平彝过曲靖，晋宁过江川，皆有关索岭，上各有庙。盖前代凡遇高埠置关，关吏备索，以挽舁⑤者，故以名耳。传讹之久，遂谓有是人，而实妄也。"观此则关索有否其人，不敢武断矣。

【注释】

① 赵云崧：赵翼（1727—1814），字云崧、耘松，号瓯北，阳湖

（今江苏常州）人。清代史学家，诗文家、文学理论家。

② 征：证明，证验。

③《池北偶谈》：又名《石帆亭纪谈》，清代笔记小说集，作者王士禛。

④ 钑（sà）：用金银等在器物上嵌饰图案和文字。

⑤ 舁（yú）：共举。

四四　《出师表》人物之不载《演义》者

　　《出师表》中之人物，《演义》有不见其事迹者，如阳群、马玉、阎芝、丁立、白寿、刘郃①、邓铜及曹操所用之李服，书中皆无事实。又如《前出师表》中郭攸之②、向宠，亦无事实指出。

【注释】

① 刘郃（hé）：东汉后期官吏。

② 郭攸（yōu）之：三国时期蜀汉官吏。

四五　曹操所历之危险

　　曹操所历之危险,如濮阳攻吕布之时,宛城战张绣①之日,赤壁遇周郎,华容逢关羽,割须弃袍于潼关,夺船避箭于渭水,见六十回张松语。困于南阳,险于乌桓②,危于祁连,逼于黎阳③,几败北山④,殆死潼关,见九十七回《后出师表》中语。

【注释】

　　① 宛城战张绣:指历史上的宛城之战。
　　② 乌桓:中国古代民族之一。亦作乌丸。
　　③ 黎阳:河南省浚县的古称。
　　④ 北山:指汉中北山。

四六　刘备三顾时诸葛亮之年岁

　　考刘备见诸葛亮于隆中,在献帝建安十二年①丁亥②,其时亮年为二十七岁。

【注释】

　　① 建安十二年：207 年。

　　② 丁亥：干支纪年中一个循环的第 24 年称"丁亥年"。

四七　周瑜故宅

　　周瑜故宅,即今苏州景德路城隍庙旧址。三国时,周瑜二十四岁,辟①为建威中郎,在赤壁大败曹操,归来建宅于此。占地三十三亩许,前有瑜手植古柏,高逾数寻,宅后一井,题名寒泉,亦系当年胜迹。然明朱国祯②《涌幢小品》有云,广信府③城中,东北隅有万松墩,隆基而圆,土膏沃衍,前左介两学间,旧传为周瑜故宅。不知孰是孰非,姑作疑案观可也。

【注释】

　　① 辟(bì)：指君主招来,授予官职。

　　② 朱国祯(1558—1632)：字文宁,号平极,乌程(今浙江湖州)人。著有《皇明史概》《涌幢小品》等,多记明朝掌故。

　　③ 广信府：元末至清末的行政区划名,治所在今江西省上饶市信州区。

四八　有名号之马

　　《演义》中马之有名号者,如赤兔马①,先为董卓送与吕布,布死归曹操,后操送与关公,公就义后,马不食而死。花鬃马,孙坚所骑。骅骝马,徐晃所骑。的卢,刘备骑之,曾跃过檀溪,后庞统骑之,死于落凤坡。大宛②良马,曹操所骑。深乌马,张飞所骑。卷毛赤兔马,祝融夫人所骑,孟获所骑。黄骠马,忙牙长③所骑。

【注释】

　　① 赤兔马:是一种名贵战马,和下文中的花鬃马、骅骝马、的卢等都是《三国演义》中的名马。

　　② 大宛(dà yuān):古西域国名,产良马。

　　③ 忙牙长:孟获的部将。

四九　早慧之人

　　早慧之人,如刘备幼与村中小儿戏于屋之东南桑树下,曰:

"我为天子,当乘此车盖。"见首回。曹操幼时,假作中风状诳^①其叔,见首回。孙坚十七岁,见海贼上岸分赃,坚扬声大叫,东西指挥,如唤人状,赶上杀一贼,见二回。孔融十岁能应对^②李膺与陈炜,见十一回。管辂,幼号神童,见六十九回。邯郸淳,十三岁能作曹娥碑文,见七十一回。曹叡十五岁,不忍射小鹿,见九十一回。诸葛恪,六岁能难张昭,见九十八回。钟会七岁对魏文帝之问,见一百零七回。孙亮十岁能辨藏吏之奸,见一百十三回。

【注释】

① 诳(kuáng):欺骗,瞒哄。
② 应对:对答,答对。

五十　赵侯庙

湖南安乡县南五里,有赵侯^①庙,相传为三国时赵子龙驻兵之所。庙后有古梅一株,亦有附会为子龙所手植^②者,确否已无从稽考。

【注释】

　　① 赵侯：赵云曾被封为永昌亭侯，死后追谥顺平侯。

　　② 手植：亲手种植。

五一　四川之三国古迹

　　刘备据蜀，故四川至今尚有古迹可寻。如姜维泉，在忠州南翠屏山，传为姜维所凿。又孟获古城，在宁远府①都司城东二里，孟获所筑，即武侯擒获之地。又关索石，在四川叙永厅南二十里大道旁，相传关索恶此石截道，以戈击之，一留道旁，一飞堕道东，刀痕宛然。又葛山在梓潼县北二十五里，一名亮山，昔诸葛亮置营于此。又诸葛城在太平县北城口山下，有前中后三城，左抵紫阳，右通平利，相传汉武侯在此屯兵，其地有三冈八坪，形势雄竣。又大相公岭，在荣经县西一百里，谓武侯南征经此，有庙在焉。又大渡河外打箭炉，相传武侯遣将郭达于此造箭故名。又成都城北二里许，有读书台，相传武侯筑此，以待四方贤士者。又金花娘子，俗云是姜维之妹，殁而为神，雅州诸处，奉之甚虔，庙食无替。又张飞滩，在长寿县，一名不语滩，凡舟过此，必悄然而下，则安澜无恙，若一声张，则水必狂激涡漩矣。又长寿县有

41

张桓侯庙,宋大观②中,邑人于庙前得三印及珮钩刁斗③,上镌飞名。

【注释】

　　① 宁远府：和下文的"叙永厅""雅州"均为清代四川地区的行政区。

　　② 大观：宋徽宗赵佶的年号。

　　③ 刁斗：古代军队中用的一种器具。

五二　张飞怒鞭之督邮为崔廉

　　张飞怒鞭督邮①,督邮姓名,不载《演义》,遂归之于有其人而无姓名者之列。按元至治本《平话三国志》则云督邮姓崔名廉,则姓名具有矣。

【注释】

　　① 督邮：官名。督邮书掾、督邮曹掾的简称。汉代各郡的重要属吏。

五三　先主无须

《蜀志·周群传》：初先主与刘璋会涪时，张裕为璋从事，侍坐。其人饶①须，先主嘲之曰：昔吾居涿县，特多毛姓，东西南北皆诸毛也。涿令称曰：诸毛绕涿居乎？裕即答曰：昔有作上党潞长，迁为涿令。涿令者去官还家，时人与书，欲署潞则失涿，欲署涿则失潞，乃署曰：潞涿君②。先主无须，故裕以此及之。《演义》中不言先主有须，似有所本。

【注释】

① 饶：多。

② 潞涿君：无须的男子。潞涿，犹言露啄，露着嘴。

五四　葫芦谷有两处

葫芦谷有两处：一在彝陵①，即曹操赤壁之役，诸葛亮令张

飞②邀截此路,见四十九回。一即上方谷③,为诸葛亮火烧司马
懿之处也。

【注释】

① 彝陵:又称夷陵,在今湖北宜昌。

② 邀:阻击,拦截。

③ 上方谷:陕西省眉县境内,因其形状如葫芦,故俗称葫芦
峪,又名尚方谷。

五五　孙权之武艺

人知刘备善用双股剑①,曹操横槊赋诗,皆有武勇,而不知孙
权亦擅武艺。五十三回载合淝之战,孙权绰②枪欲自战云云,可
知其善于用枪矣。

【注释】

① 双股剑:又名鸳鸯剑,《三国演义》中刘备的兵器。

② 绰(chāo):急忙抓起。

五六　叟兵即蜀兵

　　《后汉书·刘焉传》：马腾谋讨①李傕②，焉遣叟兵五千助之。注：叟兵，蜀兵也。汉谓蜀为叟。此称③颇奇，岂蜀、叟二字双声之转耶？

【注释】
　　① 讨：征伐，发动攻击。
　　② 傕：这里用作人名，读 jué；用作姓时，读 què。
　　③ 称：说。

五七　诸葛亮携杖

　　诸葛亮有时亦携杖。八十五回安居①平五路②时，曾在后院倚杖观鱼。

【注释】

①　安居：家居无事。

②　五路：指攻打蜀国的辽西轲比能、南蛮孟获、东吴孙权、叛将孟达、曹魏曹真等五路兵马。

五八　刘表好鹰

刘表好鹰，《演义》未载。郦道元《水经注》：沔水①南有层台，号曰景升②台，盖刘表治襄阳之所筑也。性好鹰，尝登此台，歌《夜鹰来》曲。

【注释】

①　沔（miǎn）水：水名，汉水的上流。

②　景升：刘表字景升。

五九　长坂坡时之赵云年近五旬

赵云死于后主建兴六年,其时后主年二十三岁,赵云年已七十余。上推至当阳救主时,后主仅二岁,则是赵云当在四十余岁,将近五旬之时。今戏剧中演《长坂坡》,皆饰少年将军,殊^①与年龄不合。

【注释】

① 殊:特别,很。

六〇　关公埋首级处

据客谈,洛阳有关林^①,为壮缪埋首级处。该地所悬之关帝像,大都容貌慈蔼,绝无威猛之气象,与南方所常见者不同。且关帝像皆有周仓^②捧刀,否则仅一赤面长髯绿袍执卷者,为管仲^③,非关帝也。

【注释】

① 关林：相传为埋葬关羽首级之地，位于河南省洛阳市洛龙区关林镇。

② 周仓：关羽生前部将，后为关圣帝君的贴身侍卫。

③ 管仲（约 723—645）：春秋时期法家代表人物。

六一 《三国演义》非第一才子书

世俗咸以《三国演义》为金圣叹①所批，实则不然，金所批之说部②，只《水浒传》及《西厢记》。书贾③以金批说部之受人欢迎也，遂强加《三国演义》以第一才子奇书之名。在金批《水浒》《西厢》时，亦仅称之为才子书，并无第五、第六之排比，无非书贾之故弄玄虚。至于《三国演义》为圣叹外书，有第一才子之目，更属可笑。昔刘廷玑④之《在园杂志》论《三国演义》云：杭永年一仿圣叹笔意批之，似属效颦，然亦有开生面处。可见《演义》之批，出于杭永年，并非圣叹。惜今之流传本，只有毛宗岗⑤评语，杭永年所批如何，不得而见也。按予管见，《演义》冠一圣叹序，亦属伪托。流传本评注之毛宗岗，字序始，号声山⑥，茂苑人也。生平崇拜圣叹，故承袭圣叹批评方法而点染《三国》，如圣叹在《水浒》中处处骂宋江，宗岗在《三国》中处处骂曹操。且宗岗所批有《三国》及《琵琶记》二书,又与圣叹亦只有《水浒》《西厢》二书同。宗岗所谓古本,实无其书,盖宗岗多所改易,藉以免人指摘耳。

【注释】

① 金圣叹(1608—1661):明末清初苏州人。著名文学家、文学批评家。

② 说部:指古代小说、笔记、杂著一类书籍。

③ 贾(gǔ):作买卖的人;商人。

④ 刘廷玑(1654—?):字玉衡,号在园。

⑤ 毛宗岗(1632—约1709):字序始,号子庵,长洲(今江苏苏州)人。清初文学批评家。

⑥ 声山:毛家岗之父毛纶,字德音,号声山。

六二　有关三国题材书之种类

《三国》种类甚多,悉根据陈寿《志》等史书。一宋本《新编三国志平话》,一元虞氏①《三国志平话》,一罗贯中二十四卷《三国志通俗演义》,有周曰校音释本十二卷,余象乌批评本二十卷,郑以祯校刊本十二卷,吴观明校刊本一百二十回,第一才子书②毛宗岗批评本一百二十回,第一才子书李渔③批评本一百二十回。

① 虞氏：与下文的周曰校、余象乌、郑以桢、吴观明均为雕版印书业者。

② 第一才子书："十大才子书"首创者是清初的金圣叹，这套丛书荟萃了元明清三代文学作品的精华，最初刊行于 1644 年（顺治元年），十大才子书中的《三国演义》排在第一，被称为第一才子书。

③ 李渔（1611—1680）：字谪凡，号笠翁，浙江金华人。明末清初文学家、戏剧家、戏剧理论家、美学家。

六三　李渔不惬于毛宗岗

　　宋本《三国志平话》，今已失传。元虞氏《三国志平话》，讹字百出，人名又音似而实非，如蔡邕为蔡雍，文醜为文丑，蒯越为快越，杨修为杨宿，张角为张觉，糜竺为梅竹，糜夫人为梅夫人，皇甫嵩为皇甫松，司马懿为司马益。笔墨简陋，更不待言。开头有司马貌断狱一段，却甚别致。罗贯中本将《三国》大加增损，如何进诛宦官，祢衡骂曹操，曹子建七步成章，皆为罗氏所加入。又诗词表章书札，亦罗致不少。音释本插图，题有上元泉水王希尧写，白下魏少峰刻，绘刻甚精。周曰校且有题识云：是书也，刻已数种，悉皆讹舛①，茫昧鱼鲁②，观者莫辨，予深憾焉。辄购求古本,敦请名士,按鉴参考,再三雠校,俾句读有圈点,难字有音注,地理有释义,典故有考证,缺略有增补,节目有全像,如牖③之启明,标④之示准。此编之传,士君子抚养,心目俱融,自无留难,诚与诸刻大不侔⑤矣。览者顾谍书而求诸,斯为奇货之可居。书之内容,尽于数语中矣。余象乌每页分为三栏,上栏载批评,中栏载图画,下栏载本文。郑以祯本,有李卓吾⑥评释圈点,为金陵国学原板,宝善堂梓。吴观明刻本,亦李卓吾批评,有眉批,有总评,有刘素明全刻像,有李贽、缪尊素⑦、庸愚子⑧序,不分卷,只分为一百二十回,将原书二百四十节,每节合并为一回,因此每回便成二目,但二目却参差不齐。毛宗岗第一才子书凡例所谓俗本题纲,参差不对,错乱无章,又于一回之中,分上下两截,即指此也。毛宗岗本普遍流传,不赘谈。李渔本乃当时不惬⑨于毛宗岗擅改原本而作,如曹操为关羽铸汉寿亭侯印一节,完全依据原本而不从毛氏所改,然刘备畏雷失箸⑩一节,却又舍弃原本而从毛氏之改本,择善而从。李渔本有焉,惜流传不广。

【注释】

① 讹舛(é chuǎn):错误。

② 鱼鲁:谓将鱼误写成鲁。泛指文字错讹。

③ 牖(yǒu):窗户。

④ 标:准的,榜样。

⑤ 不侔(móu):不相等、不等同。

⑥ 李卓吾:李贽(1527—1602),字宏甫,号卓吾,福建泉州

人。明代思想家、文学家。

⑦ 缪尊素：号于田，又号太质，缪昌期的侄子。明代进士。

⑧ 庸愚子：蒋大器，号庸愚子，明浙江金华人。

⑨ 慊：满足。

⑩ 著(zhù)：筷子。

六四 英雄谱

　　李卓吾《批评三国志真本》，为吴郡宝翰楼①刊，一百二十回，不分卷，亦有图，唯眉评及总评与他种不同，故刊行者名之为真本。又《精镌合刻三国水浒全传》，明雄飞馆②熊飞编刊本，《三国志》二十卷，二百四十回，亦载李贽之批评，板心题"二刻英雄谱"。又《新镌京本校正通俗演义按鉴三国志》，明万历乙巳③闽建郑少垣联辉堂④三垣馆刊本，凡二十卷，首有顾亮序，每页上为图，下为本文，该书又标别名曰《三国志赤帝馀编》。又《重刻京本通俗演义按鉴三国志传》，明万历庚戌闽建杨起元闽斋⑤刊本，二十卷，二百四十段。又《新刻按鉴演义全像三国英雄志传》，明闽书林杨莅生⑥刊本，亦二十卷，二百四十段，首有闽西桃溪吴翼登序。又嘉兴壬午⑦所刊之《三国志通俗演义》，有庸愚子序，共二十四卷，每卷十节，计二百四十节，每节列一标目，目句七字，单独不偶。如"刘玄德斩寇立功""诸葛亮一气周瑜"等是。

【注释】

① 宝翰楼：明末清初吴郡人尤云鹗的书坊名。

② 雄飞馆：明崇祯年间福建建阳人雄飞的书坊名。曾刻《英雄谱》，乃是将《三国志演义》《水浒传》合刊。

③ 万历乙巳：即万历三十三年，1605年。

④ 联辉堂：明万历年间福建建阳人郑少垣的书坊名。又名三垣馆。

⑤ 闽斋：明万历年间福建建阳杨起元，字闽斋。业书坊。

⑥ 杨荧生：人名误，当为"杨美生"。明福建建阳人。业书坊。

⑦ 嘉兴壬午：兴，误，当为靖。嘉靖壬午，即嘉靖元年，1522年。嘉靖，明世宗朱厚熜的年号。

六五　吴人称梅子为曹公

顷见《梦溪笔谈》，吴人多谓梅子为曹公①，以尝望梅止渴也。有士人遗醋梅，作书曰："醋浸曹公一瓶。"殊隽趣。

【注释】

① 曹公：即曹操，以其位至三公而被人们称为曹公。因其有"望梅止渴"典故，故吴人以曹公代梅子。语出沈括《梦溪笔

谈》卷二三《讥谑》。

六六　毛宗岗易称关某为关公

《演义》中称关羽为关某①，毛宗岗改编时始易称为关公。

【注释】

① 某：自我谦称。

六七　关壮缪谥法之歧说

关羽称关壮缪。或曰：关羽骄悍，故得恶谥。后以清兵入关，崇拜关羽，尊之为武圣，乃改缪作穆①耳。

【注释】

① 姚南菁《援鹑堂笔记》卷三一："缪与穆通，近日有言，壮

缪非美谥者,此似不然。”

六八　关公初名长生

关羽初名长生,知者绝鲜。故洪佛矢①有《读史》诗云:"卧龙经略近纵横,曹马奸雄②解用兵。名士自应呕血死,荆州失计付长生。”

【注释】

① 洪佛矢:洪兆麟(1874—1933),字允祥,号佛矢,浙江慈溪人。博学能文。与冯君木、陈屹怀并称“宁波三才子”。

② 奸雄:孙盛《异同杂语》载,曹操尝问许劭(字子将):"我何如人?"许劭曰:"子,治世之能臣,乱世之奸雄。"

六九　《三国演义》迷

读小说易于着迷,如读《红楼梦》《金瓶梅》《西厢记》而致神魂颠倒者,诸家笔记多载之。顷闻人谈读《三国演义》而着迷之笑话:前清乾隆时,某武人擢荆州将军。僚属悉贺之,武人却悄然不乐。有询之者,曰:荆州为东吴所必争,当时关云长尚致失守,况鄙人乎?今驻守是地,恐鄙人之命不保矣。言已,欷歔①不止,僚属咸匿笑②之。盖某武人嗜读《三国演义》,终日不释卷也。

【注释】

① 欷歔(xī xū):叹息声。
② 匿笑:偷笑。

七〇 《演义》故事入诗

《演义》笔墨以生动故,虽虚构之事实,竟有误以为真者。《随园诗话》云:崔念陵进士诗才极佳,惜有五古一篇责关公华容道上放曹操一事,此小说衍义语也,何可入诗?何屺瞻①作札,有生瑜生亮之语,被毛西河②诮其无稽,终身惭悔。某孝廉作关庙对联,竟有用秉烛达旦者。俚俗乃尔,一何可笑?此读书所以贵有识也。

七一　三国人士之僻姓

三国人士之僻姓，如卑衍、蹇硕、眭①固、沮鹄、沮授、法真、法正、伦直、檀敷、逢纪、审配、靳祥、笪容②、牵弘、司蕃、脂习、留平、谷利、爨③习、和洽、吉平、吉邈、吉穆、度尚、师纂、谯周、爰彭④、鞠⑤义、昌奇、昌豨⑥、妫⑦览、区⑧星、毌丘⑨俭、毌丘甸。又僻名，如李别、鲁馗、殷馗、盛敦、许褚、傅佥、孔伷⑩、段煨、华覈、申耽、李暹⑪、韩暹、杨丑、文丑、桥蕤⑫、王垕⑬、曹盱⑭、师纂、车胄、丁谧、司马伷、韩莒子、尹大目、胡车儿、胡赤儿、诸葛靓⑮。

【注释】

① 眭：音 suī。

② 笘容：疑为苟安之误。

③ 爨：音 cuàn。

④ 彭：音 jìng。

⑤ 鞠：音 qū。

⑥ 豨：音 xī。

⑦ 妫：音 guī。

⑧ 区：音 ōu。

⑨ 毌丘（guàn qiū）：复姓。

⑩ 仙：音 zhòu。

⑪ 暹：音 xiān。

⑫ 蕤：音 ruí。

⑬ 厚：音 hòu。

⑭ 盱：音 xū。

⑮ 靓：音 jìng。

七二　怪异之别号

怪异之别号，如张角①称"太平道人"，又称"大贤良师"，又称"天公将军"。张宝②称"地公将军"。张梁称"人公将军"。许昌称"阳明皇帝"。何曼称"截天夜叉"。严白虎称"东吴德王"。张角之师称"南华老仙"。张鲁称"师君"，从学者称"鬼卒"，为首者称"祭酒"，领众多者称"治头大祭酒"。

【注释】

　　① 张角(? —184)：巨鹿(今河北平乡)人。创立太平道。黄巾起义首领之一。

　　② 张宝(? —184)：巨鹿(今河北平乡)人。张角弟,黄巾起义首领之一。

七三　周瑜忌孔明不见《志传》

　　周瑜忌孔明才略,固属意中事,但屡欲见害,却不见《志传》。其殆《演义》作者,欲示瑜器度之褊狭①而装点之欤!

【注释】

　　① 褊(biǎn)狭：气量狭隘。

七四　《志传》讳言操败

　　赤壁之战,《志传》不详,盖《志传》崇奉曹魏,故对于操败,往往讳言。孔明借箭,亦不见《武侯传》,唯《魏略》有纪孙权事云:权乘大船来观军,曹公使弓弩①乱发,箭着其船,船偏重将覆,权命回船②,复以一面受箭,箭均船平,乃还。此则虽不明言孔明,然孔明在东吴内幕,权之出此,不可谓非孔明所用之计也。

【注释】

① 弩(nǔ):用机栝(kuò)发箭的弓。
② 回船:调转船头,反向行驶。

七五　墓地之可考者

三国人才殊盛,有美人,有名士,有奸雄,有俊杰,生虽显赫,殁则离离①墓草,付诸秋风寂寞中矣。墓地之可考者,如小乔墓,在湖南长沙城东南隅,墓北原有小庙,内供小乔像,经兵毁,今仅有墓。据《明一统志》载:吴孙策攻皖,得乔公二女,自纳大乔,而以小乔归周瑜,后卒,葬于此。都昌李秀峰②题联云:铜雀锁春风,可怜歌舞楼台,千古不传奸相冢;杜鹃啼夜月,也有英雄夫婿,三更犹吊美人魂。

周瑜墓在江西新淦县城外西八里。清初,福建徐延寿③过其地,展拜墓下,吊以诗云:水畔巴丘古县开,周郎祠宇傍泉台。霸图当日成何事,才士无年实可哀。荆楚干戈终古恨,小乔环佩几时来。天涯孤客逢寒食,特为停舟酹一杯。

关公墓在洛阳。其地俗称关林,古柏丰密,碑记巍然,来游者必拜谒。吕凯墓在云南保山县金鸡村。《寰宇记》云:张飞冢在阆州刺史大厅东二十步。郦道元《水经注》云:襄阳郡城东门外二百步刘表墓,太康④中,为人所发⑤,墓中香气,远闻三四里,经月不散。

蜀大司马蒋琬,葬于涪县阳泉山中。

蜀大将军费祎,葬于汉寿山中。

蔡邕墓在河南开封府之尉氏县。唐温庭筠诗云:"古坟零落野花春,闻说中郎有后身。今日爱才非昔日,莫抛心力作词人。"

朱国祯《涌幢小品》云:四川南充县署有谯周墓,自晋以来无敢动者。嘉靖中,太守袁光翰徙之。尔后,县中频见绯衣⑥贵官出入,县尹至者辄不利,往往迁他所避之。隆庆戊辰⑦,南城吴鉴以进士任县令,独不避。下车之日,妻张暴卒。未几,母张又为侄所杀。疑是其子,笞而毙之⑧,遂被劾去。

陕西兴平县西南三十里,有马融墓,俗讹谓马连冢。

陈琳之墓在下邳。唐代温飞卿有《过陈琳墓》诗一首云:"曾于青史见遗文,今日飘蓬过此坟。词客有灵应识我,霸才无主始怜君。石麟埋没藏春草,铜雀荒凉对墓云。莫怪临风倍惆怅,欲将书剑学从军。"

丁奉墓在松江莘庄镇西。荒烟蔓草中,犹有穹碑一道,矗立坟头,过客歇吁凭吊。遥想公台父子纵横气概,至今只落得乱鸦枯树、流水斜阳而已。

尝见寿鹍⑨君之《甘夫人墓考证》云:夔州府署后园有甘夫人墓。清时太守,岁时祭扫,由来已久,是固不疑有妄。然考《三国志》,则知其不然。《甘皇后传》载夫人死葬南郡。章武二年⑩,追谥皇思夫人,迁葬于蜀。未至,而先主殂落。或者以为至夔,因先主崩,遂葬于兹。然读丞相亮之上言,又知其谬也。亮之言曰:今皇思夫人神柩已到,梓宫⑪(昭烈⑫之柩,昭烈崩永安宫,即夔府学署)在道,园陵将成,安厝⑬有期。臣辄与太宗臣赖恭等议礼,宜谥曰昭烈皇后。诗曰:"谷则异室,死则同穴。"故昭烈皇后宜与大行皇帝合葬,制曰可。由此观之,则夫人之合葬惠陵也明矣,何为而瘗⑭于斯?且今墓一坏黄土,半林白杨,与凡茔无殊。若果为夫人之墓,则皇后陵寝,制必闳峻⑮,岂有闲诸历朝衙署中,无人民牛马之蹂躏⑯,而败陋如是耶!意必为游宦之孤茔,代远年湮,遂附会成此耳。墓前有碑一,甚巨,字已磨灭,故得以讹传讹也。

诸葛瑾墓,在奉贤之盐溪。荒土一坏,立一石碣,镌有"诸葛瑾之墓"五字。相传当明季天启间,乡人耕于田畴,地忽陷落,俨然一穴,入之甚深邃,暗不辨路,摸索以行,手触一巨棺,大惧奔出,一时喧传乡里。县吏闻其事,察之,始知为诸葛瑾之埋骨处,乃封其穴,立石碣以志之云。

苏州盘门外青阳堤，当清光绪丙申丁酉⑰间，日本人辟为商埠，建筑马路，于荒烟蔓草间，掘得石碣一方，上书"汉破虏将军孙坚吴夫人子讨逆将军策墓"。墓之附近多樱花，每岁花放，来赏花者必顺便凭吊也。

《履园丛话》云：华亭南二里许，有屋基废地一块，近处居民有刘叟者，每见有红裳女子，徘徊其间，人有见者，旋入地中而灭。甚怪之，疑土中有异，发之，不数尺，获一砖甚古，下有巨椁如屋，旁有穴。以火烛之，有石榻，上卧髑髅⑱一具。前植短碑，有"吴陆公逊第三女王夫人之墓"十二字，非篆非隶。左列石几，供一瓦盆，其色如玉，乃取出，贮水甚清，经年不竭⑲。后见红裳者复来，或隐或见，其人随感疾死。盆为好事者取去，并无他异，此乾隆初年事。

民国二十一年壬申三月十一日，常熟县陆家桥农民钱宜之家，屋后本有竹园亩许，丛篁⑳中泥土忽隐，深及寻丈。四邻年少好事，入穴探觅，见青石一大方，石侧露石椁二，并见短碣，题"吴大将军陆逊之墓"。远近喧传，来观者奚止万人。县吏闻知，恐肇㉑祸端，饬㉒吏加土封瘗㉓焉。

孙权将黄盖，忠勇绝伦，随孙氏最久，没后葬松江南门外三里许乌鸦村。当光绪戊申㉔年冬，沪杭开筑铁路，黄墓适当其冲，于是发掘，石椁破，木棺朽，工人好奇，检尸骨出，胫骨长三尺余，头颅巨如斗，色殷红，一时观者如堵。旋将全副尸骨，置一瓷坛，另埋他处。又鲁肃墓，亦在松江西门外秀野桥西市梢三秀园茶坊之庭除⑤中，短碣字残，题"吴××（二字漫灭）侯鲁子敬之墓"，犹可辨识也。

曹操在漳河上设立七十二疑冢。《辍耕录》㉖宋俞应符㉗诗曰："生前欺天绝汉统，死后欺人设疑冢。人生用智死即休，何有余机到丘垅？人言疑冢我不疑，我有一法君未知。直须尽发疑冢七十二，必有一冢藏君尸。"陶南村以为此诗之斧钺，不知老瞒之骨岂真瘗七十二冢间？奸雄欺人，诗家又堕其云雾，恐为老瞒之鬼揶揄㉘矣。观元人起辇谷之葬，则老满之计，岂若是浅哉！后有反其意者曰："人言疑冢我不疑，我有一法君莫知。七十二外埋一冢，更于何处觅君尸。"得其旨矣。又《鹤林玉露》：漳河疑冢，北人岁为增封㉙，范石湖㉚奉使过之，有诗云："一棺何用冢如林，谁复如公负此心？岁岁番酋为增土，世间随事有知音。"前年报载磁县南岳邱镇魏曹操疑冢，为人挖盗，因系铁棺，未能破开，仅将墓内殉葬古物盗去。是墓系一洞形，高丈三，直径八尺，以石铺成，但不知此冢是否在七十二数之中与否也。

华佗墓，在江苏徐州彭城路华祖庙侧。华佗精医道，人称华祖，被曹操杀害于许昌。各地立庙祭祀，究不知葬于何处，因佗常来徐州行医，明永乐初年，徐州知州杨仲节，取华祖庙内之土，代替衣冠建冢。旧有墓碑、石兽、石供桌等，现仅存一冢及华祖庙。

庞统祠墓，又名龙凤祠，在四川德阳县罗江镇白马关侧。统为刘备谋士，建安十九年㉛，殁于鹿头山军前，汉建墓，祠于白马关。后经兵乱，墓祠均毁，清康熙三十年㉜修复。现存大门、正殿、两侧亭、栖凤殿。墓在祠外,周围植树,郁郁葱葱,祠内大柏两枝,相传张飞所种。正门、侧门皆刻有楹联匾额,其一云:"明知落凤存先帝,甘让卧龙作老臣。"石壁上刻晋陈寿所撰《庞靖侯传》。白马亭、胭脂亭分建二侧,二亭象征刘备、庞统换马之事。栖凤殿石柱联云:"真儒者不图文章名世,大丈夫当以马革裹身。"宋陆放翁《过庞士元墓》诗,有"士元死千载,父老岁时思"句。

曹植墓,在山东东阿县城南鱼山西麓。植封陈王,谥思,世称陈思王,生前常登鱼山,四十一岁卒,其子遵遗嘱归葬鱼山。碑为隋开皇十三年③建,后堙没河中,至清始出现,还置墓前,并建碑楼,称陈思王庙碑。

马超墓,在陕西勉县诸葛武侯祠东小山上。墓有祠,殿宇三座,作品字形。祠前有汉征西将军马超之墓碑,与定军山遥遥相对。

武侯墓,在陕西勉县南之定军山下,因山筑墓,墓园古木荫翳③,几蔽天日。在正殿、庑房,悬挂联额碑石,更显庄严肃穆。安徽亳县城南郊,有曹操宗族墓,周围十余里。据《水经注·阴沟水》记:谯城城南有曹腾、曹褒、曹嵩、曹炽、曹胤等墓。后经发掘,其中三座墓葬,出现银缕玉衣及字砖三百余块,砖上有今草、章草、真行等书体,所注年代为延熹七年⑤、建宁三年⑥。其中一墓,有石室七,规模宏大,室内有画像、石刻、彩绘。另一墓,出土有曹宪印信。

孙权陵,在南京明孝陵前梅花山,古称孙陵岗,又名吴王坟。

自中山门至麒麟门，俗称九岗，第三岗即为孙陵岗。《祥符江宁图经》^㉒载：吴大帝西陵，在钟山南麓，亦曰孙陵。晋咸和三年^㉓，苏峻至蒋山，卞壶与苏峻战于孙陵，即此。孙陵岗原有步夫人墩，赤乌元年^㉔，追拜步夫人为皇后，后与孙权合葬。

【注释】

① 离离：繁茂的样子。

② 李秀峰：李乘时（1833—1903），字子和，号秀峰，都昌（今江西都昌）人。善诗。

③ 徐延寿：字存永，福建闽县（今福建福州）人。文中所引诗为《新淦县拜周公瑾墓》。

④ 太康：晋武帝司马炎的年号。

⑤ 发：挖掘。

⑥ 绯（fēi）：大红色。

⑦ 隆庆戊辰：即隆庆二年，1568 年。隆庆，明穆宗朱载垕的年号。

⑧ 笞（chī）而毙之：鞭打致死。

⑨ 寿鹍（kūn）：即邱寿鹍（1892—1986），又名邱蕙双，重庆奉节人。

⑩ 章武二年：222 年。章武，三国蜀汉刘备的年号。

⑪ 梓（zǐ）宫：帝后的棺椁。

⑫ 昭烈：刘备的谥号。

⑬ 安厝（cuò）：安置。

⑭ 瘗（yì）：埋葬。

⑮ 闳峻：宏大。

⑯ 蹂躏（róu lìn）：践踏。

⑰ 光绪丙申丁酉：丙申，即光绪二十二年，1896 年；丁酉，即

66

光绪二十三年,1897 年。光绪,清德宗爱新觉罗·载湉的年号。

⑱ 髑髅(dú lóu):骷髅,死人的头骨。

⑲ 经年不竭:若干年没有干涸。

⑳ 丛篁(huáng):大片的竹林。

㉑ 肇(zhào):引起,招致。

㉒ 饬(chì):通"敕",命令。

㉓ 封鬣(liè):用土封闭坟墓,将坟墓封成一定形状。

㉔ 光绪戊申:即光绪三十四年,1908 年。

㉕ 庭除:庭院。

㉖《辍耕录》:即《南村辍耕录》,陶宗仪著,记述元代史事的笔记。陶宗仪(1321—1407),字九成,号南村,浙江黄岩人。元末明初文学家。

㉗ 俞应符(? —1222):字德瑞,一字宝文,南宋临安(今浙江杭州)人。

㉘ 揶揄(yé yú):嘲笑,讥讽。

㉙ 增封:坟上添土。

㉚ 范石湖:范成大(1126—1193),字致能,号石湖居士,吴郡(今江苏苏州)人。

㉛ 建安十九年:214 年。

㉜ 康熙三十年:1691 年。康熙,清圣祖爱新觉罗·玄烨的年号。

㉝ 开皇十三年:530 年。开皇,隋文帝杨坚的年号。

㉞ 荫翳(yīn yì):树木枝叶繁茂。

㉟ 延熹(xī)七年:164 年。延熹,东汉桓帝刘志的年号。

㊱ 建宁三年:170 年。建宁,东汉灵帝刘宏的年号。

㊲《祥符江宁图经》:宋无名氏撰,内容包括山水、洲浦、桥梁、风俗等类目。

㊳ 咸和三年:328 年。咸和,晋成帝司马衍的年号。

㊴ 赤乌元年:238 年。赤乌,三国吴孙权的年号。

七六　关云长铜像

　　吴兴南门外云巢山,上有纯阳宫,为道家之修炼处,其名藉甚①。戴季陶氏返湖时,辄寓于此。山上旧有铜关云长像一座,仪态庄严,宝藏迄今,已历数世。近闻此像为某羽士窃出,私售于扶桑岛人②。古物沦亡,殊可惜也。

【注释】

　　① 藉(jí)甚:盛大。一般用来形容声名很大。

　　② 扶桑岛人:指日本人。

七七　乔姓之乔本为桥

　　乔姓,系出姬姓,本桥字,其后去木为乔。观此,则大乔、小乔,当作大桥、小桥矣。

七八　曹娥碑之附会

予曩辑某报,谈及《三国演义》曹娥碑"黄绢幼妇"。时许君息庵邮书见贻[1],云鄙人对于曹娥碑,颇疑为后人附会假托。所疑者有数层,考绢古称为素,即绘事后素及尺素书之素,厥后亦称为练,如羊欣白练裙等是也。迨至六朝梁武帝小名阿练,乃避讳改练为绢。是六朝以前,尚无绢名,一也。妙字古写从玄,不从女,二也。中郎在彼时是否到过上虞,其本传及他书记载似未言此,三也。三希堂所收曹娥碑,此八字赫然具在,然玩其字体波磔[2],殊不类汉人书,四也。故鄙人颇疑为后人附会其辞,而假托于中郎者也。予揭是书于报端,我师胡石予先生见之以为不然。曰:按中郎本传,曾亡命至吴会十余年。吴为吴郡,会为会稽。曹娥,会稽之上虞人,则中郎亡命时,或曾一到上虞。又绢字见《周礼》《汉书》,等等,并不见得古皆用练字。因梁武帝小字阿练,而始改绢字也。妙字,古尝借用眇字、玅字,玅字固有篆文,但秦朝由篆变隶时,改作妙字,亦未可知,谓中郎时尚无少女之妙字,亦似臆测。小小辩论,足助《演义》读者之证考。

【注释】

① 贻(yí):赠给。

② 波磔(zhé)：笔法术语。捺笔，左撇为波，右捺为磔。

七九　芸香草

　　滇友香池①，谓彼方产芸香草。相传孔明南征时，即以之解哑水毒者。其叶丛生，形似韭而长大，故有韭叶芸香之称。气味芳香，性辛烈温散，治瘴疟瘟疫、伤风急痧等症，殊有奇效。惜滇人多忽之，弃而不用，如加以制炼，其效力当甚大也。

【注释】

　　① 香池：杨森(1893—1964)，字香池，人称"偷闲庐居主人"，云南凤庆人。善吟诗工书法，兼好散文小说之作。著有《偷闲庐敝帚集》《墙头声》《问天》《偷闲庐诗话》等。

八〇　《武侯集》为文集之起始

　　文集之称，古人无之，实始于三国武侯。汉人为文，等于周秦诸子之著书,无集之名也。观于班固撰志,只曰艺文,中所辑录,并无集名。今所见之《蔡中郎集》①,则后人选辑其文,而强加以集之名,本非原有之称。唯陈寿撰《三国志》,曾集诸葛亮之文,名之曰《武侯集》,上之于朝(见《蜀志·亮传》),是可知文集之名,盖起于其时。自是以后,凡称文士,莫不有集矣。

【注释】

　　①《蔡中郎集》:诗文别集。东汉蔡邕撰。蔡邕(132—192),字伯喈,陈留圉(今河南杞县)人。

八一　檀溪跃马根据《世语》

　　刘玄德檀溪跃马事,不见于正史,《演义》作者,乃根据《世语》以为之耳。《世语》云:先主屯樊城,刘表礼焉,惮其为人,不甚信用。曾请先主宴会,蒯越、蔡瑁欲因会取先主。先主觉之,伪如厕,潜遁①,出所乘马名的卢走,堕襄阳城西檀溪水中,溺不得出。先主急曰:"的卢,今日厄矣,可努力!"的卢一踊三丈,遂得过。乘桴②渡河③中流,而追者至。

【注释】

　　① 潜遁：偷偷逃跑。

　　② 桴(fú)：小筏子。

　　③ 河：指汉水。

八二　关公不死于十月

　　关公之遇害，《演义》谓建安二十四年冬十月。然《后汉书·献帝纪》云：冬十一月，孙权取荆州，则公之非死于十月可知。玉泉山关公显圣，荒诞不经，《志传》未载。即吕蒙之死，不过适逢其会，亦并非公之索命也。它如函①公首级至操处，口开目动，须发皆张云云，均属《演义》故神其说，以见公之非常人耳。

【注释】

　　① 函：用匣子装。

八三　泸水两岸多葭

云南之磨些江、犛牛河,总名泸水。诸葛武侯伐南蛮五月渡泸水处,在弄栋城北,今谓之南泸。两岸葭①大如臂胫②,川中气候较热,虽至冬令,行经此处者,皆袒衣流汗。

【注释】
① 葭(jiā):芦苇。
② 臂胫(jìng):手臂肘部至手腕部分的长骨。

八四　用计之可考者

三国人物善用计,计之可考者,如连环计(见八回),彭越挠楚法(见九回),二虎竞食计(见十四回),驱虎吞狼计(同上),疏不间亲计(见十六回),掘坑待虎计(见十七回),范蠡献西施计(见四十四回),苦肉计(见四十六回),连环计(见四十七回),美人计(见五十四回),假途灭虢计(见五十六回),骄兵计(见七十回),反间计(见八十七回),仿汉高伪游云梦计(见九十一回),添灶法(见一百回),灭虢取虞计(见一百十五回)。

八五　咏大小乔

　　咏大小乔诗,有惜之者,颜鉴塘①云:"鼓鼙②声还得二乔,君臣琴瑟喜同调。孙郎早死周郎继,各有红颜没福消。"有慕之者,袁子才云:"国亡家破名公女,同嫁英雄美少年。绝色易逢佳偶少,听他夫婿自家怜。"二诗用意各别。

【注释】
　　① 颜鉴塘:颜希源,字问渠,号鉴塘,又号梅岭客,广东人。著有《百美新咏图传》。
　　② 鼓鼙(pí):大鼓和小鼓。古代军中常用的乐器。

八六　《演义》穿插之妙

我友唐鼎元[1]，谓不读陈寿《三国志》，不知《演义》穿插结构之妙也。即如"华佗医关公"一节，写得何等生色[2]！其实正史医关公者，并未言系华佗。撰《演义》者以为关公神将，华佗神医，不可无此遇合耳。闻某处华佗庙有联云：未劈曹颅千古恨，曾医关臂一军惊。则直以《演义》之言为史实矣。

【注释】

① 唐鼎元(1894—1988)：字玉虬，号髯公，江苏常州人。著有《入蜀稿》《国声集》等。

② 生色：色彩鲜明，形象生动。

八七　割发代首载于《典略》

曹操割发代首，梨园中且演之红氍[1]，此事不见正史。《演义》乃根据《典略》以为之。《典略》云：操南征宛，因军粮贵，下令毋得践民田青苗，违者弗赦。适自乘马忽惊狂逸，冲田而过，践伤青苗无数。操伪欲自刭，以左右谏，用割髻②发一缕。

【注释】

　　① 红氍(qú)：红色地毯，旧旧时演戏多用来铺在地上或台上，故而常代指舞台。

　　② 髻(jì)：挽束在头顶或脑后的头发。

八八　徐花农称曹操有晋人风

　　长江酾酒，奸雄忽具此种雅致，的是可爱。昔徐花农①有诗咏之云："月轮皎皎浩碧天空，夏口樊山入望中。千里长江一杯酒，阿瞒饶有晋人风。"

【注释】

　　① 徐花农：徐琪(1849—1918)，字花农，浙江仁和(今浙江杭州)人。俞樾门生之一，工诗文，善书画。

八九　马超传正谈

　　叶廷琯①《吹网录》有《〈蜀志·马超传〉正谈》一则云：传称超为平西将军，督临沮，因为前都亭侯。《钱氏考异》谓：前字疑衍，《先主传》亦称都亭侯。予按，超在建安中，已以偏将军封都亭侯，此处史语，疑本作"因前为都亭侯"。因前者，仍属之谓。而刻本误倒"前为"二字作"为前"耳。若去"前"字，则"因"字亦无意。《考异》以"前"字属都亭侯读，作为前后左右之"前"，故有此辨，而以为衍文，其实非衍也。

【注释】

　　① 叶廷琯(1791—约1868)：字调生，清吴县（今江苏苏州）人。工铁笔。所著《吹网录》为清代学术笔记，共六卷。

九〇　馒头之肇始

苏沪一带,有一种点心名馒头者,其馅或肉,或糖,或百果,殊适口。自欧风东渐,吐司、面包起而代之,而时彦髦士①纷趋之,馒头已为落伍品矣。考之《事物纪原》②,孔明征孟获,人曰蛮地多邪术,须祷于神,假阴兵以助之,必以人首设祭,神则享之为出兵也。孔明杂用羊豕之肉,而包之以面,像人头以祀,神亦享之为出兵。后人由此为馒头。

【注释】

① 时彦髦(máo)士:时贤,当时的俊杰之士。髦,毛中长毫,比喻英俊杰出之士。

②《事物纪原》:北宋高承撰。十卷,专记事物起源及发展。

九一　赤脚周仓

　　相传东台^①白驹场关庙周仓赤脚，因当日关公在襄阳放水淹庞德时，周仓亲下江挖坑故也。戊申^②冬，予过东台，与刘霞裳入庙观之，果然赤脚。又见神座后，有一木匣，长三尺许，相传不许人开。有某太守祭而开之，风雷立至。见袁随园《子不语》，末段云云，荒诞不足信。

【注释】
　　① 东台：清代县名，即今江苏东台。
　　② 戊申：即乾隆五十三年，1788 年。

九二　诸葛菜

　　诸葛菜，即蔓菁。相传诸葛孔明出师，令军中所至种蔓菁，云有六利：才出甲可生啖^①，一也。叶舒可煮，二也。久居则随

79

以滋长,三也。弃不吝惜,四也。回即易寻而采之,五也。冬有根可劚②食,六也。故至今蜀中人,犹呼蔓菁为诸葛菜。

【注释】

① 啖(dàn):吃。

② 劚(zhú):挖,砍。

九三　赤壁诗

龙阳易哭庵①有《赤壁》诗一首云:"扁舟吊古忆苏髯②,落笔当时意兴酣。风月如闻箫尺五,江山不见鼎分三。潜蛟幽壑思秋舞,栖鹘危巢③记夜探。今日短歌空对酒,英雄寂寞鹊飞南。"无穷感慨,尽于五十六字中。

【注释】

① 易哭庵:易顺鼎(1858—1920),号哭庵,湖南龙阳(今汉寿)人。工诗词。

② 苏髯:即苏轼。相传苏轼美髯多须,世人多称其苏髯或髯苏。

③ 栖鹘(hú)危巢:语出苏轼《后赤壁赋》"攀栖鹘之危巢,俯冯夷之幽宫"句。鹘,一种鹰类猛禽。

九四　八阵图考证

武侯之八阵图,诸家笔记多有述及其事者。陈祥裔①之《蜀都碎事》云:诸葛孔明八阵图凡三,在夔州鱼腹者六十有四,方阵法也。在新都牟弥镇者,一百一十有八,当头阵法也。其在其盘市者,二百五十有六,下营法也。予见在鱼腹者,皆乱石子为之,水涸始见,好事者移去石子,明日依然如故。在牟弥镇,悉以土垒重叠,状如古冢,历历可数。旁有小庙祀武侯,有台傍峙,云是观阵者。碑碣甚多,不可考,唯杨升庵《碑记》可读。苏轼《东坡志林》云:"诸葛亮造八阵图于鱼腹平沙之上,垒石为八行,相去二丈。桓温征谯纵,见之,曰:'此常山蛇势也。'文武皆莫识。吾尝过之,自山上俯视,百余丈,凡八行,为六十四蕝②,蕝正圜,不见凹凸处,如日中盖影。予就视,皆卵石,漫漫不可辨,甚可怪也。"梁章钜《退庵随笔》云:古阵法,唯诸葛武侯八阵、李卫公五花阵,为有根。五花原于乡遂③之兵,八阵原于都鄙④之兵。乡遂之兵,以十为数,起于五。都鄙之兵,以八为数,起于井田之八家。世所传《握奇经》,即因武侯八阵之法,推演为图,托之风后。唐独孤及⑤有《风后八阵图记》云:黄帝顺煞气以作兵法,文昌以命将。风后握机制胜,作为阵图,故八其阵,所以定位也。衡抗于外,轴布于内,风云附其四维,所以备物也。虎张翼以进,蛇向敌而蟠,飞龙翔鸟,上下其势,所以致用也。至若疑兵以固其余地,游军以案其后列,门具将发,然后合战,弛张则二广迭举,犄角则四奇皆出。云云。所说皆与《握奇经》合。疑后人即因独孤及此记,衍为此经。高似孙⑥《子略》曰:马隆本作幄机。序曰:幄者帐也,大将所居,言其事不可妄示人,故云幄机。盖因握幄字近而附会其文。今本题曰握奇,则又因经中有四为正,四为奇,余奇为握奇之语,改易其号,其实《汉志》兵家并无此名也。前见第一期《逸经》载有八阵图,为区宗洛绘,叶遐庵⑦跋之云:此图乃南海区锡余,随驻藏办事长官陆君兴祺赴印度时,亲在该寺所移写。据区君云,该寺相传,此乃诸葛亮之八阵图,由川边流入者,为期已久。余按八阵图,古无完善之传本。此虽无确证,然缭曲往复,合于多方以误之之原则,当系军用之品,或竟属原物,亦未可知,故公表之以供研考。第六期又载有高邮王氏所传八阵图,大略谓天地风云,阵之正;龙鸟蛇虎,阵之奇;四奇四正而八阵生,则术数家言,奇幻更不可索解矣。

【注释】

① 陈祥裔:本姓乔,号耦渔,顺天(今北京)人。清末诗人。所著《蜀都碎事》,笔记,六卷,内容多记四川地理沿革、名山秀水、胜地古迹、逸闻轶事、民情风土等。

② 六十四蔽(jué):六十四个标识。蔽,古代演习朝会礼仪时束茅以标位次。

③ 乡遂：京都之外直辖地区，百里以内曰乡，三百里以内曰遂。

④ 都鄙：国都和边邑。

⑤ 独孤及(725—777)：字至之，河南洛阳人。工诗文。著有《毗陵集》二十卷。

⑥ 高似孙(1158—1231)：字续古，号疏寮，鄞县(今浙江宁波)人。著有《疏寮小集》《砚笺》《剡录》等。

⑦ 叶遐庵：叶恭绰(1881—1968)，字裕甫，又字誉虎等，号遐庵，广东番禺人。

九五　三国古迹照片

三国古迹照片，蒙李君勋甫见贻一十三帧，殊可宝也。一成都南门外之诸葛武侯祠，祠屋深邃，甬道两旁，古柏参天。诵李义山"蜀相阶前柏，龙蛇捧閟宫①"句，思古幽情，不能自已也。一祠内琴亭，亭有楼，翼然②高矗，短垣绕之，颇具意致。一祠内之柏林，枝叶浓密，天日为翳③，若盛夏莅此，定必清荫冉冉，炎氛④为涤⑤也。一马超墓，石碑有断裂痕，中为"汉征西将军马公讳超之墓"十一字。边有细字"大清道光十七年⑥孟夏"，下款模糊不可辨，盖清时所重镌者。一蜀汉昭烈帝之墓，屋宇三间，中有一匾"千秋凛然"，想系墓前之景。一刘备托孤之白帝城，山城凭江,树木蓊蔚⑦,屋错列其间,洵胜地也。一昭烈帝庙前门,清旷寂寥,令人对之无尘俗想。一诸葛武侯八阵图遗迹,一片荒芜,所见者只累累土阜及茅屋野树而已。一赵子龙洗马池,池水清澄,台榭倒影,尤于夏日消夏为宜。一诸葛亮观星楼,楼在万绿丛中,前面临池,池中芰荷⑧张盖,清绝入画。一云阳张飞庙,庙矗立于山麓间,杳无人迹。庙中之张飞像,目嗔髯张,状殊威武。

【注释】

① 闷(bì)宫:深闭的祠庙。
② 翼然:像鸟张开翅膀一样。
③ 翳(yì):遮蔽。
④ 炎氛:暑气。
⑤ 涤:消除,清除。
⑥ 道光十七年:1837 年。道光,清宣宗爱新觉罗·旻宁的年号。
⑦ 蓊蔚(wěng wèi):草木繁盛的样子。
⑧ 芰(jì)荷:指菱叶与荷叶。

九六　孟德送关公处

顾培真自陕西归,云过河南,游许州郊外,有大石桥,当年关公去曹归汉,孟德送行处也。对桥有庙,极宏敞。塑像竟依《演义》所载,骑马横刀,左塑像曹操鞠躬状,后怒目而立者为许褚,旁列将校,献袍捧金。殿上旧有对曰:"亦知吾故主尚存乎? 从今日走遍天涯,且休道万钟千驷①;曾许汝立功乃去耳! 倘他年相逢歧路,又肯忘樽酒绨袍②。"系青浦人张姓者著,惜忘其名。见《明斋小识》③。《演义》之影响世俗大矣哉!

【注释】

① 万钟千驷(sì):极言其富有。钟,古代容量单位,六斛四斗为一钟;驷,古代一车套四马,四马所驾之车或一车之四马称一驷。

② 绨(tí)袍:粗缯制成的袍子。

③《明斋小识》:清人笔记。作者诸联(1765—约1843),青浦(今属上海)人。

九七　木牛流马之测度

木牛流马,以失传故,世人往往加以测度。纳兰容若①《渌水亭杂谈》云:武侯木牛流马,古有言是小车者。西人有自行车,前轮绝小,后轮绝大,则有以高临下之势,故平地亦得自行,或即木牛流马乎？而坎壈②曲折,大费人力也。

【注释】

① 纳兰容若:纳兰性德(1655—1685),字容若,号楞伽山人。工于词,著有《纳兰词》《渌水亭杂识》等。《渌水亭杂识》,也作《渌水亭杂谈》,四卷,内容多记梵宫胜迹、名物故实、典章制度、诗词评论等。

② 坎壈(lǎn):困顿,不顺利。

九八　关锁与关索

《陕西通志》:商南县有廉康太子墓,世传太子三国时人,炎祚①衰微,据土僭号②,为关锁所平。俞曲园③曰:按俗传,关公有子名索,其有无已不可考。予谓关锁自系关索之转音,今关锁既载于《陕西通志》,则关索自有其人矣。又《蕲水县志》云:王氏女名桃,次女名悦,汉末时人,俱笄④年未字⑤,有膂力⑥,精诸家武艺。每相谓曰:"天下有英雄男子而材技胜我,则相托终身。"时绝少有匹敌者。适河东关公长子索,英伟健捷,桃姊妹遂俱归之。先是邑中有鲍氏女,材行与桃、悦似,而悍鸷⑦差胜,亦归索。三人皆弃家从关,百战以终。以上皆《演义》所未载,足资我人谈助者也。

【注释】

① 炎祚(zuò)：五行家以刘汉、赵宋皆以火德王,因以"炎祚"指汉或宋的国统。

② 僭(jiàn)号：僭用帝王的尊号。

③ 俞曲园：俞樾(1821—1907),字荫甫,晚号曲园居士、曲园老人,浙江德清人。博通经学,工诗词。著《春在堂全书》等。

④ 笄(jī)年：指女子可以盘发插笄的年龄,即成年。笄,发簪。

⑤ 字：女子许嫁。

⑥ 膂(lǚ)力：体力;力气。

⑦ 悍鸷(zhì)：凶猛暴戾。

九九　张角弟子唐周非唐州

黄巾张角事,尽载正史。角之弟子唐周①,《演义》改周为州,稍有不合。

【注释】

① 唐周：张角的弟子,黄巾军成员,张角起事的告发者。

一〇〇　左慈事见于《方术传》

　　左慈事荒诞不经,故陈寿《志》不载,但《后汉书·方术传》中有之,然亦不提取柑掷杯等情,想系《演义》作者故神其说欤。《方术传》云:慈少有神道,尝在司空曹操坐,操顾众宾曰:今日高会①,所少吴松江鲈鱼。元放于下坐应曰:此可得也。因求铜盘贮水,以竿饵钓,须臾引一鲈鱼出。操拊掌②大笑,会者皆惊。操曰:一鱼不周③坐席,可更得乎?放乃更钓之,复引出,皆三尺余,生鲜可爱,操使目前脍④之。操又曰:既得鱼,恨无蜀中生姜。放曰:亦可得也。操恐其近取,因曰:吾前遣人到蜀贾锦,可过敕使者,增市二端。语顷,即得姜还,并获操使报名。后操使反,验问增锦之状及时日早晚,若符契焉。后操出,士大夫从者百余人,慈乃为赍⑤酒一升,脯⑥一斤,手自斟酌,百官莫不醉饱。操怪之,使寻其故行,视诸垆,悉亡其酒脯矣。操不喜,因坐上收,欲杀之。慈乃却入壁中,霍然不知所在。或见于市,又捕之,而市人皆变形与慈同,莫知谁是。后逢于阳城山头,复逐之,慈走入羊群,操乃令就羊中告之曰:不复相杀,本试君术耳。忽有一老羝⑦屈前两膝,人立而言曰:遽如许。即竞往赴之,而群羊又皆变为羝,并皆屈两膝,人立而云:遽如许、遽如许。遂莫知所取焉。

【注释】

① 高会：盛大的聚会。

② 拊(fǔ)掌：拍手。

③ 不周：不足，不够。

④ 脍(kuài)：将鱼肉细切。

⑤ 赍(jī)：赠送。

⑥ 脯(fǔ)：干肉。

⑦ 羝(dī)：公羊。

一〇一　蒋干偷书之子虚

　　周瑜用计除蔡、张，《志传》不载。唯蒋干欲以言辞动瑜，则《江表传》有云：初曹公闻瑜年少有美才，谓可游说动也，乃遣九江蒋干往见瑜。干有仪容，以才辩见称，独步江淮之间，莫与为对。乃布衣葛巾，自托私行诣瑜。瑜出迎之，立谓干曰：子翼良苦，远涉江湖为曹氏作说客耶？干曰：吾与足下州里，中间别隔，遥闻芳烈，故来叙阔①，并观雅规②，而云说客，毋乃逆诈③乎！瑜曰：吾虽不及师旷，然闻弦赏音，足知雅曲也。因延干入，为设酒食。毕，遣之曰：适吾有密事，且出就馆，事了，别自相请。后三日，瑜请干与周观营中，行视仓库军资器仗讫，还宴饮，示之侍者服饰珍玩之物。因谓干曰：丈夫处世，遇知己之主，外托君臣之义，内结骨肉之恩，言行计从，祸福共之，假使苏、张更生，郦叟复出，犹抚其背而折其辞，岂足下幼生所能移乎？干但笑，终无所言。干还，称瑜雅量高致，非言词所能间。观此则并无蒋干偷视书信中计等事，蔡、张被操所斩事，亦属不确。

【注释】

　　① 叙阔：叙说离别之情。

　　② 雅规：高雅的风范。

　　③ 逆诈：事先即猜疑别人存心欺诈。

一〇二　《演义》事迹之有数目可纪者

　　《演义》事迹之有数目可纪者，如单刀赴会、一王死孝、二士争功、桃园三结义、三让徐州、三战吕布、三顾茅庐、荆州城三求计、三马同槽、智取三城、三气周瑜、土山约三事、擂鼓三通斩蔡阳、五关斩将、五丈原禳①星、力斩五将、安居平五路、五臣死节、六出祁山、水淹七军、七擒孟获、火烧连营七百里、七星坛祭风、八阵图、九锡受封、九伐中原、十常侍等。

【注释】

① 禳(ráng)：祈祷消除灾祸。

一〇三　赵云用青虹剑之次数

赵云用青虹剑①凡两次，一当阳道上，一截长江夺幼主。

【注释】

① 青虹剑：又名青釭剑。原为曹操所有，后为赵云所得。

一〇四　刘备用箭

刘备用箭亦两次，一箭射张宝①，一箭射孙仲。

【注释】

① 张宝：与下文的孙仲均为黄巾军首领。

一〇五　关公赴江东先后三次

关公赴江东计三次，一保护刘备过江与周瑜宴会，一单刀赴会，一父子归神。

一〇六　南蛮之酋长将帅

南蛮之酋长将帅，有金环三结元帅、董荼那、阿会喃、忙牙长、孟获、孟优、孟节、杨锋、朵思大王、祝融夫人、带来洞主、木鹿大王、兀突骨、土安、奚泥。

一〇七　三国之战，兵数可纪者

三国之战，兵数可纪者，如董卓入京西州军二十万。各路讨董卓兵共十七镇，多少不等，有三万者，有一二万者。董卓拒诸侯之兵二十万。李傕、郭汜作乱之兵十余万。马腾、韩遂勤王之兵十余万。刘备救孔融兵三千。曹操保驾之兵二十余万。袁术遣兵攻小沛，统兵数万。曹操攻张绣兵十五万。袁术七路征徐州兵二十余万。曹操南征袁术马步军十七万。刘备征袁术兵五万。袁绍进兵黎阳，马步军共三十万。曹操拒袁绍于黎阳，大军二十万。刘岱、王忠攻徐州，引军五万。曹操军下徐州二十万。颜良攻白马坡兵十万。曹操拒颜良军十五万。袁绍攻许昌，人马七十余万。袁绍战仓亭四州之兵，约二三十万。曹仁攻新野兵二万五千。夏侯惇攻新野兵十万。曹操下荆州大兵五十万。荆州马步水军共二十八万。曹操下江南马步水军八十三万。东吴周瑜拒曹操之兵五六万。周瑜袭荆州之兵五万。曹兵下江南三十万。马超起兵复仇二十万。刘备入川兵五万。曹兵至濡须四十万。刘璋拒刘备之军五万。曹操救合肥兵四十万。张飞取瓦口隘一万五千兵。张郃拒张飞军三万。刘备图汉中兵十万。曹操救汉中兵四十万。曹操为夏侯渊复仇兵二十万。曹操差于禁救樊城共七军。吕蒙袭荆州兵三万。徐晃救樊城兵五万。曹彰入长安兵十万。刘备战猇亭兵七十五万。孙桓拒刘备军五万。曹丕下江南水陆军三十余万。诸葛亮征蛮兵五十万。孟获寇边兵十万，后借兵数十万，带来洞主兵三万，藤甲兵三万。诸葛亮初出祁山兵三十余万。夏侯懋拒蜀兵二十余万。曹真拒蜀军马二十万。曹真借羌兵二十五万。司马懿拒蜀兵二十万。司马懿攻街亭兵十五万。陆逊破曹休之兵七十余万。诸葛亮二次伐魏兵三十万。曹真拒蜀兵十五万。曹真伐蜀兵四十万。诸葛亮五出祁山兵二十万，十万一更换，孙礼助战人马二十万。诸葛亮六出祁山兵三十四万。司马懿拒蜀兵四十万。公孙渊之兵十五万。司马懿平公孙渊之兵四万。司马昭伐吴兵二十万。姜维伐魏兵二十万。毌丘俭讨司马师之兵八万。姜维至洮水兵百万。陈泰、邓艾拒蜀军四万。诸葛诞伐司马昭兵数十万。东吴援诸葛诞兵七万。司马昭征诸葛诞兵二十六万。姜维伐魏兵二十万，二次伐魏兵十五万。钟会伐蜀兵二三十万。邓艾伐蜀兵十余万。晋伐吴水陆军二十余万。尚有无名之战役及较少之兵数，不详列也。

一〇八　吕蒙读书台

张霞房①《红兰逸乘》,所纪皆吴中事迹。如云:《云窗私志》:吕蒙有读书台,开西馆以延俊髦,共相扢扬②,朝夕稽考,识见日进。吴大帝益重之。今西馆桥是也,《府志》作西贯桥。

【注释】

① 张霞房:张裳琳,字禹书,号霞房,长洲(今江苏苏州)人。乾隆年间诸生。著有《校经述微》等。所著《红兰逸乘》成书于道光二年(1822),多记吴中佚闻趣事。

② 扢(jié)扬:发扬;张扬。

一〇九　关庙之联

自《演义》推崇关公,于是关公到处奉祀,庙食千秋,庙联颇多可诵。如云:赤面秉赤心,乘赤兔追风,驰驱时无忘赤帝;青灯观青史，仗青龙偃月，隐微处不愧青天。又云：若傅粉，若涂朱，若点漆，谁谓心之不同如其面；忽朋友，忽兄弟，忽君臣，信乎圣不可知之谓神。又集句云：三分割据纡筹策①，万国衣冠拜冕旒②。又云：旧官宁改汉，遗恨失吞吴。又云：汉家宫阙来天上，武帝旌旗在眼中。又曰：吴宫花草埋幽径，魏国山河影夕阳。又云：先武穆而神，大汉千古，大宋千古；后文宣而圣，山东一人，山西一人。又云：圣以武成名，刚毅近仁，于清任时和中，又增一席；学于古有获，春秋卒业，在诗书易礼外，别有专经。又云：汉封侯，晋封王，有明封帝，圣天子非无意也；内有奸，外有虏，中原有贼，大将军何以处之！又云：此吴地也，试问孙郎有庙否？今帝号矣，何烦曹氏赠侯乎！又云：德必有邻，把臂呼岳家父子；忠能择主，鼎足定汉室君臣。又云：义存汉室三分鼎，志在春秋一部书。

【注释】

① 纡（yū）筹策：曲折周密地运筹策划。纡，屈抑，曲折。

② 冕旒（miǎn liú）：指古代尊贵者的一种礼帽。冕，礼帽。旒，礼帽前后垂下的穿玉丝绳。

一一〇　三杰

诸葛亮、关羽、张飞号三杰,见《坚瓠集》。是可与张良、韩信、萧何媲美。

一一一　人物之以子字为字者

《三国志》中之人物,以子字为字者,计共有四十余人。如鲁子敬(肃)、诸葛子瑜(瑾)、糜子仲(竺)、张子布(昭)、曹子建(植)、曹子丹(真)、赵子龙(云)、吕子明(蒙)、步子山(骘)、王子均(平)等,其尤著者也。

一一二　八伯三阿

　　三国有"八伯三阿"之说,以伯为字者,得十一人。如吕伯奢(无字)、陆伯言(逊)、公孙伯珪(瓒)、孙伯符(策)、姜伯约(维)、郝伯道(昭)、郭伯济(淮)、邓伯苗(芝)、满伯宁(宠)、蔡伯喈(邕)、刘伯和(协)等是。至于三阿,则指阿瞒(曹操)、阿斗(刘禅)、阿鹜(文鸯)三人而言,读《演义》者类①能道之。此外以仲字为字者得十三人,叔字者得四人,季字者得六人,幼字者得五人。

【注释】
　　① 类：大抵；大都。

一一三　捉曹操酒令

　　《三国演义》一书,人人喜诵,朋好宴集,往往有行"捉曹操"酒令以助兴者。法取纸条书诸葛亮一,曹操一,其他蜀将与魏将数须相等。譬如蜀将有关羽、张飞、马超、黄忠、赵云、严颜、姜维、魏延八将,魏将亦当有八人,如曹洪、曹仁、许褚、张辽、徐晃、典韦、张郃、夏侯惇等皆是(蜀魏将各十人或六人,均可增损)。以纸折叠,人拈其一,拈得诸葛亮者,须将纸条明示于人,然后由其发号施令,点将捉操。如呼赵云,则拈得赵云者应声而起,觇^①在座者何人有可疑之色,即捉之。故凡曹操,态度须自若,神色不可慌张,庶不致一捉便着。若误捉己方之将,以关羽为曹操,则赵云罚酒一杯,责任交替。由关羽代捉,若捉得对方之将,则须拇战^②,不论胜败,仍须继续再捉,至获得曹操始已。曹操既得,诸葛亮可任意惩罚之。最好魏将中列入夏侯杰,其人被张飞一喝,破胆而死。拈得夏侯杰者,如遇张飞,不待拇战,先行认罚,较有趣也。

【注释】

① 觇(chān):窥视,察看。
② 拇战:即豁拳,划拳,酒令的一种。

一一四　关壮缪后裔争讼

　　曩年报上曾载关壮缪后裔争讼案,略谓:自民十六年,大学

99

院颁布废止祀孔令后，对于关、岳，亦一律只准私人自由祭祀，不再举行官祭。当时晋省政府，因晋为关羽故乡，遂亦训令财厅，通饬各县，将关圣祭祀费，暂行停拨。直至最近，孔祀已由中央明令恢复，并令全国举行隆重典礼。关圣后裔，因亦申请政府，明令恢复关圣祀典。同时又闻晋省猗氏、安邑两县关圣后裔，互争奉祀世职，甚至涉讼公庭，形势殊为严重。按关圣原籍为山西解县，其后裔渐移至猗氏、安邑两县居住，现已衍至六十一世。其奉祀生一职，原系依据清朝及前北京政府之旧制，世世承袭，向由安邑圣裔承继，而传至六十一代关赞绪，于民国二十一年逝世后，因乏嗣，乃由族人召集家族会议表决，准将其女关玉轼为嫡嗣，衍猗氏一脉，俟六十一世嫡孙生子后，即行退让，此猗氏一裔所据为争嗣之理由也。而安邑方面，则亦派出圣裔代表关履端，呈请晋省府，省府乃详查两造所呈宗图谱系，并参酌案牍^①，议决应定安邑关姓为圣裔嫡系云。

【注释】

① 案牍：公事文书。

一一五 三国时兵器分量之折合

岐黄家①用药,对于分量,颇费斟酌,盖须恰到好处,增一分,减一分,均势所未能也。陆士谔②先生固邃③于医道者,曾云:"分量有今昔之不同。"予请其说,曰:此见诸《吴医汇讲》④一书,《汇讲》载:十黍为一铢,六铢为一分,四分为一两,十六两为一斤。古一两今重七分六厘,古十六两,今重一两二钱一分六厘。予闻而恍然有悟曰:古兵器之所以动辄言数十百斤者,非夸大之词也。今人对于分量,不加考证,徒以数十百斤为可惊。遂谓将士身御盔胄,已甚笨重,安得更执数十百斤之兵器,出入重围,为理之所不可通云云。因戏以《三国演义》诸将所用兵器之分量,与《汇讲》所列折合之,则关羽青龙偃月刀重八十二斤,今重只六斤三两七线一分二厘。典韦双铁戟重八十斤,今重只六斤一两二钱八分。王双大刀重六十斤,今重只四斤八两九钱六分。纪灵三尖两刃刀重五十斤,今重只三斤十二两八钱。青龙偃月刀,只六斤有余,为常人所能挥举。其他铁戟大刀,更等诸自郐以下矣。此稿曾发表于某报,张若木君见而以为不然,乃惠书纠予谬陋,殊可感也。兹检敝笥⑤,张君书犹未遭鼠蠹⑥,爰录之以入《闲话》:久切心仪,未瞻道范,为憾。读大作,据陆君按《吴医汇讲》古一两今重七分六厘,以证三国兵器之重量。古今相距,不及十一,窃有疑也。因考《西清古鉴》载:汉食官钟铭,曰:食官一朋造,重五十斤四两。注曰:右高一尺三寸九分,深一尺一寸六分,口径六寸,腹围三尺五寸二分,重三百二十七两,两耳有环,此铭一朋,盖其直也。下识云:五十斤四两,按《律历志》,三百八十四铢为一斤,合易二篇之爻。又十六两成斤者,四时成四方之象也。则斤为十六两,古今所同。此五十斤四两,当为八百四两。今权重三百二十七两,则汉之每百两,今四十两六钱七分有奇也。又一汉食官钟铭曰:食钟重五十斤。注:重三百四十两,制与前器同。铭亦曰重五十斤,而今权重三百四十两,则古之每百两今又为四十二两五钱矣。综按二器之重量,今与汉较,当有十分之四强。则如青龙偃月刀之八十二斤,合为今(旧秤)三十余斤。亦力士所能挥举。且假汉器以证,义亦相近。又按《汉书·律历志》:一龠千二百黍,重十二铢。《说苑》亦谓:十粟重一圭,十圭重一铢,二十四铢重一两。亦异于《吴医汇讲》之十黍为一铢之说。陆君邃于医道,殆所举为黄帝时权衡⑦也。

【注释】

① 岐黄家:中医医生。岐黄,岐伯与黄帝。医家奉以为祖,后以"岐黄"代中医之学。

② 陆士谔:陆守先(1878—1944),字云翔,号士谔,亦号云间龙等,青浦(今属上海)人。

③ 邃(suì):精通。

④《吴医汇讲》：我国最早的医学期刊类文献，唐大烈主编，1792—1801 年印行，共刊出 11 卷。

⑤ 笥（sì）：方形竹筐。

⑥ 蠹（dù）：蛀蚀。

⑦ 权衡：称量物体轻重的器具。权，秤锤；衡，秤杆。

一一六　《演义》之讹谬

社友陆君澹庵，对于《三国演义》一书颇有研究，且心细似发，将作者讹谬，抉揭①无遗，尤为难能可贵。曩蒙以稿见示，爰追忆若干则如下：第一回叙黄巾作乱，有张角本是个不第秀才。按秀才之名，起于唐时，汉时只有茂才。况东汉光武名秀，秀字应避讳，故无论如何，东汉一朝决不致有秀才名称之发现，可断言也。又十常侍三字，并非固定名词，蹇硕死后，十常侍已不足数，但书中每叙张让等事，仍称十常侍，似嫌不合，应加修改。又第三回叙董卓与丁原交战事云：吕布飞马直杀过来，董卓慌走，建阳率军掩杀，卓兵大败，退三十余里下寨。按董卓既背城迎战，则大败之后，应逃入城中，决不能倒退三十余里下寨，此处亦有未合。又第五回华雄斩潘凤后，袁绍道：可惜我上将颜良、文丑未至，得一人在此，何惧华雄？可见袁绍此次出兵，颜良、文丑均未随往。但是第六回叙袁绍、孙坚口角时云：绍背后颜良、文丑皆拔剑出鞘，是二将又均在袁绍麾下，与第五回对照，似有矛盾。

又第十四回刘备发兵攻袁术时，书中云：孙乾曰："可先定守城之人。"玄德曰："二弟之中，谁人可守？"关公曰："弟愿守此城。"玄德曰："吾早晚欲与尔议事，岂可相离？"张飞曰："小弟愿守此城。"玄德曰："你守不得此城：你一者酒后刚强，鞭挞士卒；二则作事轻易，不从人谏。"既然刘备之意，两人皆不宜守城，为何又问"二弟之中，谁人可守？"此"二弟之中"四个字，似应删去。又第十九回刘备在小沛兵败，寻小路投奔许都，所过之处，百姓闻刘豫州名，争进饮食。一日，投宿猎户刘安家，刘安供食不及，竟把自己的妻子杀了，请刘备饱餐一顿。按书中着此一节，无非表明刘玄德之深得民心而已，但无端杀妻宴客，写得过于残忍，无论如何，此种惨无人道之行为，人情道德法律上，均所不许。张巡守睢阳，杀妾犒军，后来尚有人加以非议，刘安之处境，与张巡不同，杀妻并非万不得已，其罪尤不可逭。书中要表明刘备之得民心，方法甚多，何必定要写此惨无人道之事，令人读之不欢，不如删去为妙。

又第二十回叙衣带诏事，董承回家仔细反复看了，并无一物，良久倦甚，正欲伏几而寝，忽然灯花落于带上，烧着衬里，董承惊拭之，已烧破一处，微露素绢，急急取过，拆开视之，乃天子手书血字密诏也。如此发现血诏，似乎太巧，若灯花不落在带

104

上,则献帝之血诏,岂不永无发现之日乎?何不如叙献帝在赐带时,向董承说几句隐语,董承回家,参破其中寓意,方将血诏拆出,似乎比较自然。

第二十五回关公降曹操时,曹操云:"素慕云长忠义,今日幸得相见,足慰平生之望。"观此三语,似曹操与关公,尚是初次相见。但以前二十四回中,关、曹相见,不止一次,远者如温酒斩华雄时,近者如煮酒论英雄时,两人均曾觌面②谈话,此种措词,似乎与上文矛盾。又叙关公锦囊护髯事,次日早朝见帝,帝见关公一纱锦囊垂于胸次,帝问之云云。按关公此时官居偏将军,职位尚卑,未必能近侍帝侧,而朝堂之上,谈此琐事,亦似不合体统。第二十八回叙关、张古城相会事,关公往汝南进发,行了数日,遥见一座山城,公问土人,此何处也?土人曰:"此名古城,数月前有一将军,姓张名飞,引数十骑到此,将县官逐去,占住古城。"按古城既在滑州与汝南之中间,当然是曹操所辖地界,张飞逐去县官,占住古城,地方官定要禀报曹操,何以荏苒数月,曹操竟一任盘踞,置之不问,岂不可怪?又云:张飞在砀砀山中住了月余,因出外探听玄德消息,偶过古城,因就逐去县官,占住城池。观此则古城当在徐州及砀砀山附近,关公从滑州往汝南,为何要经过徐州附近,路径似有未合。

第三十七回刘备初次访孔明时云:玄德同关、张并从人等来隆中,遥望山畔数人,荷锄耕于田间。越数日,二次访孔明时云:时值隆冬,天气严寒。两次访孔明,相隔未几,所叙时令,似有未合。第四十九回叙诸葛亮借东风事,诡异之极,呼风唤雨,为情理之所必无,正当之历史小说中,不应有此荒唐无稽之记载。若说诸葛亮能预知某日有东南风,则在今天文台上,恐亦不能断定,故祭风一节,总属恶札。第五十五回孙夫人呵斥徐盛、丁奉,徐盛、丁奉自思:"我等是下人,安敢与夫人违拗?""夫人"二字,应改"郡主"。五十七回孔明写信给周瑜,自称汉军师中郎将。此时昭烈尚未正位,孔明中郎将之职,不知何人所予? 亦一疑问。第七十三回叙关公攻樊城事,云长问曰:"汉中王封我何爵?"费诗曰:"五虎大将之首。"云长问:"那五虎将?"诗曰:"关、张、赵、马、黄是也。"云长怒曰:"翼德吾弟也;孟起世代名家;子龙久随吾兄,即吾弟也,位与吾相并可也。黄忠何等人,敢与吾同列? 大丈夫终不与老卒为伍。"遂不肯受印。按关公虽骄傲好胜,似乎不当如此势利。况第五十三回关公取长沙时,对于老将黄忠,早已十分佩服,何以此时又斥为老卒,羞与为伍? 前后亦未免矛盾。

第七十九回曹丕埋怨曹植云:"吾与汝情虽兄弟,义属君臣,汝安敢恃才蔑礼?"按,曹丕此时尚未篡位,对于曹植,何能说义属君臣? 此数语似不合理,应加修改。又曹植吟诗毕,其母卞氏从殿后出曰:"兄何逼弟之甚耶?"丕慌忙离座,告曰:"国法不可废耳。"按,曹丕此时自称国法,亦嫌太早,且罚令吟诗,亦不能算国法,于理亦有未合。第八十一回张飞叱武士将范疆、张达缚于树上,各鞭五十,打得二人满口出血。既云各鞭五十,当然不是

106

掌嘴,何以二人满口出血,不解。及范疆、张达刺杀张飞时,帐中何以除张飞外,阒③无一人?事成带首级逃走,营中亦绝无一人觉察?写得似太容易。第八十五回诸葛亮安居平五路,书中谓托病不出,弄得后主及满朝文武十分惶恐。后来孔明向后主说:因为兵法要使人不测,不可泄漏,所以如此。但察其退五路之计策,除李严一封信外,余皆不必秘密,书中写孔明如此做作,似无意思。第八十九回孟节告孔明云:此间蛮方多毒蛇恶蝎,柳花飘入溪泉之内,水不可饮,但掘地为泉,汲水饮之方可。后文又云:孔明回到大寨之中,令军士掘地取水,掘下二十余丈,并无滴水,凡掘十余处,皆是如此。按孟节乃是蛮方土著,岂有不知当地土性之理。既然掘地十余处,并无滴水,何以孟节又劝孔明掘地汲水?前后似有矛盾。

又第九十三回叙假姜维攻天水事,火光中见姜维在城下挺枪勒马大叫曰:"请夏侯都督答话!"夏侯楙与马遵等到城上见姜维耀武扬威,大喝曰:"我为都督而降,都督何背前言?"言讫驱兵攻城。按假姜维虽形貌相似,决不能言语举止,一一吻合,且马遵与姜维相处已久,二人在城上下答话,岂有毫无破绽之理?《水浒》叙假秦明攻青州事,只是有人在火光中看见,并未与他人答话,比此讲得合理。第一百回叙孔明与司马懿斗阵事,张虎在前,乐琳在后,二人杀入蜀阵,阵中重重叠叠,都有门户,哪里分东西南北,二将不能相顾,只管乱撞。喊声起处,魏军一个个皆被缚了。此段写得神奇怪诞,直与《封神榜》相似。按古来行军列阵,虽然变化百出,其实不过是军事学之一种,毫不足奇,即使对方不能破阵,当然有不能攻破之理由,决不是谈几句五行相克,就可以囫囵吞枣,敷衍了事。《演义》作者,纸上谈兵,头头是道,似乎对军事学颇有研究,为何一提到摆阵攻阵等事,便写得离奇怪诞,毫无意识? 真令人莫名其妙。

【注释】

① 抉揭：挑选摘出。
② 觌(dí)面：当面。
③ 阒(qù)：寂静。

一一七 关壮缪印

报载关壮缪印,洪杨之前,由西湖照胆台住持收藏。辛酉之变,不知遗失何处。同治初,全椒薛慰农①,任嘉兴知县,有渔翁深夜捕鱼,获得斯印。有识者,命其报县,薛以银币二枚易之,呈送大府。时蒋果敏②任浙抚,以诂经精舍与照胆台比邻,将印交监院保管。该印为古玉六方。两方中空,一方刊关羽之印,一方镌汉寿亭侯印,一方刻御跋,用黄缎包裹,厥后经营者不慎,为宵小^③窃去。通缉经年,始得归赵,遂入藩库。辛亥后,闻交存藏书楼矣。

【注释】

　　① 薛慰农:薛时雨(1818—1885),字慰农,一字澍生,晚号桑根老农,安徽全椒人。晚清词家之一。

　　② 蒋果敏:蒋益澧(1833—1875),字芗泉,谥果敏,湖南湘乡人。清湘军人物。

　　③ 宵小:盗贼。

一一八　须龙祠

　　《紫桃轩杂缀》^①云:云长公美髯,一须长二尺余,色如漆,索而劲。常自振动,则有大征战。一夕,忽梦青衣神辞曰:"我乌龙也,久附君身,以壮威武。今君事已去,我亦从此逝矣。"公寤怪之。及至樊城,长须忽然坠地。后至晋太始中,樊城以赤旱祷雨,乌龙见梦,有司遂为创祠。迨掘地,一须宛在。因塑龙神颔下,命曰"须龙祠"。夫英雄之体为神物所托,且历久不变,此岂凡情所能测哉?以上云云,为《演义》所不载。

【注释】

①《紫桃轩杂缀》：明人笔记。作者李日华(1565—1635)，浙江嘉兴人。明代文学家。

一一九　战荆襄

关公走麦城，自昔梨园中素不演唱。民元①之际，海上新舞台破例演此，不料未几以近邻不戒于火，付诸一炬。说者谓为触怒关公所致。其实适逢其会，非关公之果能显其威武于身后也。近闻北平戏曲审查委员会对于是剧加以审查，认为过去演者，于"遇难"诸幕，表演过惨，似有未合。兹须重编一过，将遇难处隐于暗场中，且易剧名为《战荆襄》。

【注释】

① 民元：民国元年，即 1912 年。

一二〇　关公蟹

　　水族中有所谓关帝蟹者,孙漱石①丈②《退醒庐笔记》中曾述及之,云:郎孟松亲家,清光绪间,至台州办理矿务,道经仙居县之东北六七里,见是处水滨所产之蟹,其壳有作殷红色者,八足二螯,则与常蟹无异,唯壳上有长髯飘拂之人面,其状类剧场中所饰之关壮缪,土人因即以"关帝蟹"名之。在水中出没无常,欲捕殊为不易,以是厥价甚昂。郎以二金购得其一,并汲取山泉蓄之,意将携之回沪,令戚友一新眼界。后为西人乞去,以致未果。化工生物之奇,有不可索解者,此类是也。

【注释】

　　① 孙漱石:孙家振(约 1863—约 1940),字玉声,号漱石,别署漱石氏、漱石生、海上漱石生、退醒庐主人等,上海人。作家。

　　② 丈:对年长者的尊称。

一二一　人物仪表之见于《演义》者

人物仪表之见于《三国演义》者，如刘备身长八尺，两耳垂肩，双手过膝，目能自顾其耳，面如冠玉，唇若涂脂，见首回。又龙凤之姿，天日之表，见五十四回乔国老语。张飞豹头环眼，燕颔虎须，身长八尺，声若巨雷，势如奔马，见首回。关羽身长九尺，髯长二尺，面如重枣，唇若涂脂，丹凤眼，卧蚕眉，相貌堂堂，威风凛凛，见首回。又声若巨钟，见五回。曹操身长七尺，细眼长须，见首回。南华老仙，碧眼童颜，见首回。孙坚广额阔面，虎体熊腰，见二回。

吕布气宇轩昂，威风凛凛，见三回。华雄身长九尺，虎体狼腰，豹头猿臂，见五回。赵云身长八尺，浓眉大眼，阔面重颐①，威风凛凛，见七回。马超面如冠玉，眼若流星，虎体猿臂，彪腹狼腰，见十回。又面如傅粉，唇若抹朱，腰细膀宽，声雄力猛，见五十八回。典韦容貌魁梧，见十回曹操称赞之语。许褚身长八尺，腰大十围，见十二回。又目射神光，威风抖擞，见五十九回。董昭眉清目秀，精神充足，见十四回。徐晃威风凛凛，见十四回。周瑜姿质风流，仪容秀丽，见十五回。陈武身长七尺，面黄睛赤，形容古怪，见十五回。华佗童颜鹤发，飘飘然有出世之姿，见十五回。张辽仪表非俗,见十八回关羽之言。文丑身长八尺,面如獬豸,见二十六回。周仓板肋虬髯,形容甚伟,见二十八回。又黑面长身,见二十八回。

孙权方颐大口,碧眼紫髯,见二十九回。又形貌奇伟,骨格非常,见二十九回。袁尚形貌俊伟,见三十一回。司马徽松形鹤骨,气宇不凡,见三十五回。崔州平容貌轩昂,丰姿俊爽,见三十七回。石广元白面长须,见三十七回。孟公威清奇古怪,见三十七回。诸葛亮身长八尺,面如冠玉,见三十八回。又丰神飘洒,气宇轩昂,见四十三回。又面如冠玉,唇若抹朱,眉清目朗,身长八尺,飘飘然有神仙之概,见一百十六回。

王粲容貌瘦弱,身材短小,见四十回。魏延身长八尺,面如重枣,见四十一回。庞统浓眉轩鼻,黑面短髯,形容古怪,见五十七回。马腾身长八尺,体貌雄异,见五十七回。娄子伯鹤骨松姿,形貌苍古,见五十九回。张松额镬头尖,鼻偃齿露,身短不满五尺,言语有若铜钟,见六十回。杨修单眉细眼,貌白神清,见六十回。彭羕身长八尺,形貌甚伟,头发截短,披于颈上,见六十二回。左慈眇一目,跛一足,见六十八回。崔琰虎目虬髯,见六十八回。管辂容貌麄②丑,见六十九回。又额无主骨,眼无守睛,鼻无梁柱,脚无天根,背无三甲,腹无三壬,见六十九回。李意鹤发童颜,碧眼方瞳,灼灼有光,身如古柏之状,见八十一回。

沙摩柯面如噀血③,碧眼突出,见八十三回。陆逊身长八尺,面如美玉,见八十三回。孟节碧眼黄发,见八十九回。兀突骨身

113

长二丈,身有鳞甲,见九十回。郝昭身长九尺,猿臂善射,见九十六回。王双身长九尺,面黑睛黄,熊腰虎背,见九十七回。诸葛恪身长七尺,见九十八回。何晏魂不守宅,血不华色,精爽烟浮,容若槁木,见一百零六回。邓飏行步,筋不束骨,脉不制肉,起立倾欹,若无手足,见一百零六回。司马师圆面大耳,方口厚唇,左目下生一黑瘤,瘤下生数十根黑毛,见一百零七回。文鸯身长八尺,见一百十回。邓忠面如傅粉,唇若抹朱,见一百十二回。许仪虎体猿臂,见一百十六回钟会语。司马炎人物魁伟,立发垂地,两手过膝,见一百十九回。

【注释】

① 重颐(yí):双下巴。颐,面颊,腮。

② 麁(cū):同"粗"。

③ 嗔(xùn)血:脸涨成紫红色。嗔,喷。

一二二　黄盖诈降书

黄盖诈降书,见于《江表传》,原书云:"盖受孙氏厚恩,常为将帅,见遇不薄。然顾天下事有大势,用江东六郡山越之人,以当中国百万之众,众寡不敌,海内所共见也。东方将吏,无有愚智,皆知其不可,唯周瑜、鲁肃,偏怀浅戆^①,意未能耳。今日归命,是某实计。瑜所督领,自易摧破,交锋之日,盖为前部,当因事变化,效命在近。”与《演义》所载,稍有出入。

【注释】

① 偏怀浅戆(gàng):心胸狭窄,行事鲁莽愚钝。

一二三　黄盖中流矢

黄盖中箭,见于《吴书》。赤壁之役,盖为流矢所中,时天寒堕水,为吴军人所得,不知其为盖也,置厕床中。盖惫甚,强以一声呼韩当,当闻之曰:此公覆^①声也。趋而视之,垂涕不已,解易其衣,遂以得生。观此,则盖为流矢所中,非张辽所射也。

【注释】

① 公覆:黄盖的字。

一二四　蔡琰之夫

蔡琰之夫为董祀,实非董纪。《后汉书·董祀妻传》曰:"陈留董祀妻者,同郡蔡邕之女也,名琰,字文姬,博学有才辩①。"云云。

【注释】

① 才辩:才智机辩。

一二五　武侯本姓葛

有称武侯为葛亮者,见者异之,谓武侯本姓诸葛,不可去一诸字也。我友陈君秋水①则云:武侯本为葛姓,为夏时诸侯葛伯之后。其所以称诸葛者,因旧居琅琊诸县,后徙阳都,时人乃称以诸葛,示为诸县之葛,以别于当地之葛姓。观此则知武侯固不妨称葛亮也。

諸葛亮木牛流馬

左慈擲杯戲曹操

群英會蔣幹中計

關雲長敗走麥城

許褚

庞德抬榇决死战

荀文若

關公義釋黃忠

孔融

武侯彈琴退仲達

諸葛亮舌戰群儒

武鄉侯罵死王朗

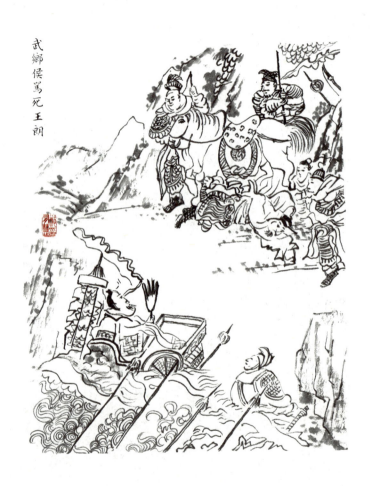

張遼威震逍遙津

趙子龍單騎救主

玉泉山關公顯聖

虎牢關三英戰呂布

【注释】

① 陈秋水：即陈德清。鸣社成员。郑逸梅有《陈秋水一介不取》文记之。

一二六　人物家世之见于《演义》者

　　人物家世之见于《三国演义》者：刘焉，汉鲁恭王之后。刘备，中山靖王刘胜之后，汉景帝阁下玄孙，祖刘雄，父刘弘。弘曾举孝廉，亦尝作史。曹操，父曹嵩，本姓夏侯氏，因为中常侍曹腾之养子，故冒①姓曹。孙坚，乃孙武子之后。袁绍，司徒袁逢之子，袁隗之侄。崔毅，汉司徒崔烈之弟。夏侯惇，乃夏侯婴之后。刘表，汉室宗亲。荀彧，荀昆之子。刘晔，光武嫡派子孙。孔融，孔子二十世孙，泰山都尉孔宙之子。刘繇，汉室宗亲，太尉刘宠之侄，兖州刺史刘岱之弟。公孙康，武威将军公孙度之子。刘泌，汉室宗亲。寇封，罗侯寇氏之子，后改姓刘。诸葛亮，汉司隶校尉诸葛丰之后，父名珪，字子贡，为泰山郡丞。马腾，汉伏波将军马援之后，父名肃，字子硕，桓帝时为天水兰干县尉。张鲁，其祖张陵，在四川鹄鸣山中造作道书，人皆敬之。陵死，其子张衡行之。衡死，张鲁行之。刘璋，刘焉之子，

117

汉鲁恭王之后。杨修,太尉杨彪之子。法正,贤士法真之子。陆逊,汉城门校尉陆纡之孙,九江都尉陆骏之子。邓芝,汉司马邓禹之后。

【注释】

① 冒姓:假冒他人之姓以为己姓。

一二七　巾帼辱司马懿载于《魏氏春秋》

孔明以巾帼辱司马懿,《志传》不载。唯《魏氏春秋》有云:亮屯渭南,粮少,欲速战。司马懿坚壁以挫其锋。亮屡遗书,又致巾帼以怒之。懿将战,辛毗仗节①敕止之。即《演义》之所本。

【注释】

① 节:符节,古代使者所持的信物。

一二八　武侯临终遗表之略有出入

武侯临终遗表,载于《亮集》者,与《演义》略有出入。如云:伏念臣赋性①拙直,遭时艰难,兴师北伐,未获全功,何期病在膏肓,命垂旦夕。伏愿陛下清心寡欲,约己爱民,达孝道于先君,布仁心于寰宇。提拔隐逸,以进贤良,屏黜奸谗,以厚风俗。臣家成都,有桑八百株,薄田十五顷,子弟衣食,自有余饶。臣身在外,别无调度,随身衣食,悉仰于官,不别治生,以长尺寸。臣死之日,不使内有余帛,外有赢财,以负陛下也。又《亮传》载其死事云:建兴十二年②春,亮据武功五丈原,与司马懿对于渭南,相持百余日。是年八月,亮病卒于军,时年五十四。

【注释】

　　① 赋性:天性,禀性。
　　② 建兴十二年:234 年。

一二九　人物之同姓名者

　　《演义》人物,有姓名俱同者,如王颀,一为汉越骑校尉①,被李傕、郭汜所杀,见九回;一为天水太守,见一百十六回。王基,一为安平太守,请管辂卜易者,见六十九回;一为荆州刺史监军,为魏将镇南将军,见一百十回。何曾,一为蜀之祭酒②,见八十回;一为魏臣,为晋丞相,见一百十九回。马忠,一为东吴潘璋部将,获关公者,见七十七回;一为蜀将,爵封博阳亭侯,见八十七回。李丰,一为袁术将,被曹操生擒而斩,见十七回;一为李严之子,诸葛亮用为长史,见九十四回;又一为曹芳之臣,官中书令,被司马师所害,见一百零九回。张温,一为汉臣,见杀于董卓,见八回;一为东吴之谋士,字惠恕,见三十八回。张虎,一为江夏黄祖之将,为韩当所杀,见七回;一为张辽之子,为魏将,见九十七回。张南,一为袁绍之将,降曹操后,为东吴周泰所杀,见三十三回;一为蜀将,伐吴兵败,死于吴军之中,见八十一回。陈泰,一为魏将,雍州征西将军,见一百十回;一为魏尚书令仆射③,见一百零七回。陈震,一为南阳人,在袁绍部下,见二十六回;一为蜀臣,字孝起,为侍中尚书,见八十一回。陈群,一为魏臣,字长文,官至司马,见五十八回;一为蜀臣,曾随诸葛亮伐魏,若干回失

120

考。许允,一为蜀汉孔明北伐前护军,爵汉成亭侯,见九十一回;一为魏侍中,若干回失考。邓贤,一为四川之将,为黄忠射死,见六十回;一为孟达外甥,与李辅并害达者,见九十四回。穆顺,一为张扬部将,为吕布所杀,见五回;一为汉献帝心腹宦官,为曹操所杀,见六十六回。

【注释】

① 越骑校尉:官职名称,汉武帝设置的八校尉之一。

② 祭酒:官职名称,掌管太学的学官。

③ 尚书令仆射(yè):官职名称,相当于尚书令的副职。

一三〇　先主取汉中与诸葛亮无关

先主取汉中,载《先主传》,云建安二十三年①,先主率诸将进兵汉中,次于阳平,与渊、郃②等相拒。二十四年春,自阳平南渡沔水,缘山作营,大破渊军,斩渊。曹操自不安,举众南下。先主遥策之曰:"曹公虽来,无能为也,我必有汉川矣。"及操至,先主敛众拒险,终不交锋,积月不拔,亡者日多。夏,曹操果引军还,先主遂有汉中。《曹操传》亦云:二十四年三月,操自长安出斜谷,军遮要以临汉中,遂至阳平,刘先主因险拒守。夏五月引军还长安。二《传》均绝不提及孔明,而《演义》所谓诸葛亮智取云云,似与正史不和。

【注释】
　　① 建安二十三年：218 年。
　　② 渊、郃：即夏侯渊、张郃。

一三一　孙权死于太元二年四月

　　孙权之薨[①],其《传》载云：太元元年[②]秋八月朔,大风,江海涌溢,平地深八尺,吴高陵松柏斯拔,郡城南门飞落。二年夏四月,权薨,时年七十一。《演义》云：薨于八月。实非。

【注释】
　　① 薨(hōng)：古代称皇帝或诸侯去世。
　　② 太元元年：251 年。太元,三国东吴孙权的年号。

一三二　陈寿讳言司马氏之罪恶

陈寿《三国志》作于晋代，故对于司马氏之罪恶，讳莫如深。唯《魏志·齐王芳传》云：嘉平六年①二月，中书令李丰与皇后父光禄大夫张缉等谋废易大臣。以太常夏侯玄为大将军，事觉，诸所连及者皆伏诛。三月，废皇后张氏。司马师逼宫即本此。

【注释】

① 嘉平六年：254 年。嘉平，三国曹魏齐王曹芳的年号。

一三三　托孤之臣

《演义》中多托孤之臣，如刘备托孤之臣，有诸葛亮、李严。曹操托孤之臣，有曹洪、陈群、贾诩、司马懿。曹丕托孤之臣，有曹真、陈群、司马懿。曹叡托孤之臣，有司马懿、曹爽、刘放、孙资。孙权托孤之臣,有诸葛恪、吕岱。司马昭托孤之臣,有王祥、何曾、荀颙^①。孙休托孤之臣,有濮阳兴。

【注释】

　　① 颙：音 yǐ。

一三四　梦兆之奇验

　　梦兆之奇验,如崔毅夜梦两红日坠庄后。董卓夜梦一龙罩身。孙策夜梦光武^①召见。董承梦忽报王子服等四人至,承接入,服曰：大事谐矣。刘表结连袁绍,起兵五十万,分十路杀来;马腾结连韩遂,起西凉兵七十二万,从北杀来;曹操尽起许昌兵马,分头迎敌,城中空虚。吾若聚僮仆千余人,乘今夜府中大宴,将府围住,待操设宴时,突入杀之。甘夫人夜梦皇叔身陷于土坑之内。甘夫人尝夜梦仰吞北斗,因而怀孕,生阿斗。吴夫人梦月入怀,生孙策。吴夫人梦日入怀,生孙权。马超夜感一梦,卧于雪地,群虎来咬。曹操兵屯濡须水口,午梦见大江中推出一轮红日,光华射目,仰望天上,又有二轮太阳对照,忽见江心那轮红日,直飞起来,坠于寨前山中,其声如雷。

玄德夜梦一神人，手执铁棒击其右臂。关公梦见一猪，其大如牛，浑身黑色，奔入帐中，径咬云长之足，云长怒，拔剑斩之，声如裂帛。王甫梦见关公浑身血污，立于前。刘备梦忽起一阵冷风，灯灭复明，见一人立于灯下，却是关公。曹操夜梦三马同槽而食。曹操梦见一人，披发仗剑，身穿皂衣，直前指操喝曰：吾乃梨树之神也，汝盖建始殿，来伐吾神木，知汝数尽，特来杀汝。先帝在白帝城，梦忽然阴风骤起，将灯吹摇，灭而复明，只见灯影之下，二人侍立，乃是云长、翼德。云长曰：臣等非人，乃是鬼也，上帝以臣二人平生不失信义，皆敕命为神。魏延夜梦头上生二角。后主梦见锦屏山崩倒。邓飏梦青蝇数十来集鼻上。孙休夜梦乘龙上天，回顾不见龙尾，失惊而觉。邓艾梦见高登山望汉中，忽于脚下迸出一泉，水势上涌，须臾惊觉。钟会梦见诸葛亮相告，虽汉祚已衰，汝入蜀，万勿妄杀生灵。钟会梦大蛇数千条咬身。

【注释】

　① 光武：指汉光武帝刘秀。

一三五 《演义》人物所用之兵器

　　《演义》人物之用刀者,有关羽、黄忠、关兴、关平、纪灵、廖化(有时亦用枪)、刘封、严颜、王双(有时用流星锤)、马岱、祖茂、颜良、乐进、韩当、朱桓、魏延、孟达、许褚、孙桓、张辽、高览(有时亦用枪)、庞德、丁奉、邓艾、孙坚、华雄、潘璋、曹仁、夏侯渊、周泰、凌统、吕蒙、蔡阳、木鹿大王、忙牙长、祝融夫人。用枪者,有赵云、周仓、姜维、王平、马超、文丑、张绣、关索、孙策、文鸯、诸葛尚、邓忠、孙权、曹洪、太史慈、傅彤、张郃、夏侯惇、臧霸、邓贤、陈武、张任。用矛者,有张飞、张苞、程普。用戟者,有吕布、典韦、贾华、宋谦、鄂焕、成济、甘宁、曹彰。用槊者,有曹操、公孙瓒。用斧者,有韩德、邢道荣、潘凤、徐晃。用鞭者,有黄盖。用叉者,有陈应。用剑者,有刘备。用锤者,有卞喜、武安国。用铁蒺藜者,有沙摩柯①。

【注释】

　　① 沙摩柯所用武器为铁蒺藜骨朵,是一种类似长柄锤的武器,锤头用重铁做成,表面为锐利长刺。

一三六　梁父吟

　　诸葛亮好为《梁父吟》,《演义》不载其诗。考习凿齿①《襄阳记》②云：亮之《梁父吟》曰：步出齐东门,遥望荡阳里。里中有三坟,累累正相似。问是谁家冢,田疆古冶子。力能排南山,又能绝地纪。一朝被谗言,二桃杀三士。谁能为此谋？相国齐晏子。

【注释】

　　① 习凿齿（？—约 384）：字彦威,湖北襄阳人。东晋史学家。

　　②《襄阳记》：即《襄阳耆旧记》,原书五卷,是中国最早的地记之一。

一三七　北寺塔为孙权建造

　　我苏北寺塔,一名报恩寺塔,在护龙街之北,相传吴大帝赤乌四年①孙权为母夫人建造。山门前有石碑一,详载监工人姓名:黄盖、程普、周泰、张昭、顾雍、步骘、虞翻、凌统、甘宁、陆绩等。别有《张士诚纪功碑》,石刻宴饮图,图中殿宇宏丽,几案罗列,宾主面南而坐,甲士左右拱卫,计一百十八人。吴江金鹤望②等加以考证,认为是至正十八年③,吴王张士诚设宴款待元使伯颜。

【注释】

① 赤乌四年:241年。

② 金鹤望:金天羽(1873—1947),字松岑,又字鹤望,晚号鹤舫老人。近代吴江名士,与柳亚子同为南社诗人。《孽海花》作者之一。

③ 至正十八年:1358年。至正,元惠宗孛儿只斤·妥懽帖睦尔的年号。

一三八　曹操擅艺事

曹操多智计,又擅艺事。张华《博物志》①云:汉世安平崔瑗,弘农张芝,芝弟昶,并善草书,而太祖(操)亚之。桓谭、蔡邕善音乐。冯翊、山子道、王九真、郭凯等,善围棋,太祖皆与埒^②。

【注释】

① 张华(232—300)：字茂先，范阳方城(今河北涿县)人。西晋时期政治家、文学家、藏书家。所撰《博物志》十卷，包括山川地理知识、草木鸟兽虫鱼、奇物异事、神话传说等，亦涉社会风俗、民族、自然现象等。

② 埒(liè)：等同，比并。

一三九　定军山之役尚有赵颙其人

魏武以征西将军夏侯渊及张郃、益州刺史赵颙等守汉中。先主进军攻汉中，至定军山，渊、郃、颙来战，大^①为先主所破。将军黄忠斩渊、颙首，见《华阳国志》。《演义》中此役，无赵颙其人。

【注释】

① 大：表程度高或范围广。

一四〇 《演义》附会之崔毅庄

《后汉书》：少帝与陈留王协夜步，逐萤光行数里，得民家露车①，共乘之。《演义》加以附会。所谓"崔毅庄瘦马备与帝乘"云云，即本此也。唯夜梦两红日坠于庄后，则完全子虚。

【注释】
① 露车：指不带帷帐的车子。

一四一 求关公女孙权所遣之使

《关公传》载孙权遣使为子求关公女，公辱骂其使，不许婚，此使不著姓名。《演义》乃指为诸葛瑾，以瑾与蜀有渊源，为使较为得当也。

一四二　庞德舆榇事不确

　　庞德决死战。《庞德传》述之甚详,唯不载舆榇①事,殆乃《演义》所虚构也。《传》云:德南屯樊讨关某,樊下诸将,以德兄在汉中,颇疑之。德常曰:我受国恩,义在效死。我欲身自击羽。我不杀羽,羽当杀我。后亲与关某交战,射中其额。时德常乘白马,故蜀兵称为白马将军,皆惮之。仁②使德屯樊北十里,会天霖雨十余日,汉水暴溢,樊下掘地水五六丈,德与诸将避水上堤。关公乘船攻之,以大舡③四面射堤上。德被甲持弓,箭不虚发。将军董衡、部曲将董超等欲降,德皆收斩之。自平旦力战至日过中,关公攻益急,矢尽,短兵接战。德谓督将成何曰:"吾闻良将不怯死以苟免,烈士不毁节以求生。今日,我死日也。"战益急,气愈壮,而水浸盛,吏士皆降,德与麾下将一人、五伯二人,弯弓傅矢,乘小舡欲还仁营。水盛舡覆,失弓矢,独抱舡覆水中,为关所擒。《演义》云周仓擒德,《传》亦未明言也。

【注释】

　　① 舆榇(chèn):古代把棺材装在车上随行,表示有罪当死或就死之意。

131

② 仁：指曹仁。

③ 舡（chuán）：同“船”。

一四三　一围并非一抱

《韵会》^①："五寸曰围，或曰十指相接为环形曰围。"可知一围并非一抱，否则许褚之腰大十围，岂不荒诞成为神话哉！

【注释】

①《韵会》：亦称《古今韵会举要》，元熊忠撰。全书三十卷，分为一百〇六韵。

一四四　荀攸荀彧非同时归附曹操

操在兖州，招贤纳士，一时名流，纷纷归附。实则互有先后，并非同时。且荀攸乃操迎天子都许^①后，作书招之而至。

荀彧则甚早，其时董卓方威凌天下也。《演义》云叔侄同来，
谬矣。

【注释】

① 许：许昌的简称。

一四五　太史慈射中敌将时地之异

《太史慈传》载慈射中敌将，与《演义》稍有时地之异。《传》
云慈尝从策讨麻保贼，贼于屯里缘楼上行詈①，以手持楼棼②，慈
以弓射之，矢贯③手着棼。围外万人，莫不称善。则地非阖门城
外，时非讨严白虎可知。

【注释】

① 詈(lì)：责骂。
② 楼棼(fén)：楼房的梁。
③ 贯：穿过。

一四六　罗贯中产地传说之不同

　　《演义》作者，相传为罗贯中作。《百川书志》^①卷六《史部·
野史》云：《三国志通俗演义》二百四卷，晋平阳侯陈寿史传，明
罗本贯中编次。又《燕下乡脞录》^②云：罗贯中《三国演义》多取
材于陈寿、习凿齿之书，不尽子虚乌有也。又庸愚子序《三国志
通俗演义》云：《语》云"质胜文则野，文胜质则史"，此则史家秉
笔之法。其于众人观之，亦尝病焉。故往往舍而不之顾者，由
其不通乎众人，而历代之事，愈久愈失其传，前代尝以野史作为
评话，命瞽者演说，其间言辞鄙谬，又失之于野，士君子多厌之。
若东原罗贯中，以平阳陈寿《传》考诸国史，自汉灵帝中平元年^③
终于晋太康元年^④之事，留心损益，目之曰《三国志通俗演义》。
观此则罗贯中为东原人。同社范烟桥^⑤君之《中国小说史》云：
罗贯中名本，庐陵人，或曰武林人。《笔丛》^⑥云，是耐庵门人。
而王圻^⑦《续文献通考》云，是名贯。《书影》以为生洪武初，实元
人而卒于明代耳。又有汉晋隋唐以来演义，颇记罗氏故事，扬
其祖烈。又有《平妖传》，王纵山以为《水浒》之亚。能为杂剧，
有《宋太祖风云会》一剧。沈德符称世传贯中之后，三世为喑，
未可信也。《征四寇》亦贯中所撰，系割取《水浒》百十五回本、

六十九回以下之大片断也。又《粉妆楼》，相传亦罗作。又《小说丛考》云："《三国》虽出罗手，已经诸人修改，至本朝查声山而遂极完备。"综合以上所记，罗贯中，名本，元末明初人，无可怀疑。但其所产地，东原欤？庐陵欤？武林欤？则不得而知之矣。

【注释】

①《百川书志》：二十卷，是明代唯一带有提要的综合性目录。作者高儒，字子醇，号百川子，涿州（今属河北）人。明嘉靖年间藏书家。

②《燕下乡脞录》：陈康祺（1840—？）撰，十六卷，是一部具有重要史料价值的清代笔记。燕下乡：辽代地名，即今北京市琉璃厂附近地区。

③ 中平元年：184 年。中平，东汉灵帝刘宏的年号。

④ 太康元年：280 年。

⑤ 范烟桥（1894—1967）：学名镛，字味韶，号烟桥。早年参加南社，耽好文史写作，工书札诗词。

⑥《笔丛》：为《少室山房笔丛》，明胡应麟著。

⑦ 王圻：字元翰，号洪洲，江桥（今属上海）人。嘉靖四十四年（1565）进士。

一四七　先主伐吴之论断

　　《涌幢小品》有"先主伐吴"一则,乃根据《演义》之言,而加以论断。如云:刘先主与云长结为兄弟,义气甚重,方即位,而云长败死,平时共患难死生,不少须臾离,而一旦委之虎口,既忝为兄,又做皇帝,戴平天冠①而弟仇不少泄,当日誓言谓何?又何以见天下?即不行,亦须枉受张翼德一番臭气,住手不得。故刘先主之行,决不可已。唯一败,气结而死,故可以下见云长,而先主之心,亦可以无愧无憾,此正英雄本色,天下为轻,义为重者。况乘此机会,及②其锐而用之,直下吞吴,亦未可知。当时孔明知先主之心,亦不强谏,既败,泣下曰:法孝直若在,必能制主上东行,纵行,必不倾危。亦是感慨无聊之言,非孝直真能制之,而保其不败也。

【注释】

　　① 平天冠:古代天子的礼冠。
　　② 及:趁。

一四八　论打鼓骂曹

　　希社武樗瘿①，尝论《打鼓骂曹》一剧，极淋漓痛快，读之足浮大白②。如云：桓子野③之笛，嵇中散④之琴，明妃⑤出塞之琵琶，征人望乡之芦管，吾均不得而闻之也。然耳虽不得而闻，而其音调节拍，犹可想象而得。子野，高士也，不愿为王门伶人，勉为三弄，谅其笛声，必清以傲。中散，狂士也。有时作穷途痛哭，偶然一奏，知其琴声必郁以哀。昭君出塞，辞帝阙而往绝域，琵琶之声，必怨以慕。征人远戍，登城楼而望故乡，芦管之声，必凄以厉。独祢正平骂曹操时所击之鼓，吾不得而仿佛其端倪，形容其节奏也。盖祢正平者，合桓子野之高尚与嵇中散之疏狂而为一人，又复倦怀时局，俯仰古今，愤跋扈之权奸，痛孱庸之献帝，所谓一腔子热血，无处挥洒，满肚皮牢骚，无处发泄，胥于此一击时，倾筐倒箧而出之。故其为声也，既清以傲，更郁以哀；既怨以慕，更凄以厉；徐如点拍，疾如撒菽，骤如急雨之打芭蕉，紧如狂风之吹败叶。皮革之属，击之能渊渊作金石声。是皆其胸中抑塞磊落之气，全发见于头如青山峰，手如白雨点之时，自然而然，成兹绝调，非他人所能形容仿佛其万一也。姑无论《渔阳三挝》，其谱不传于后世，即使流传至今，按谱一奏，而人非正平，又安能使皮革之属出金石声哉。虽然，正平如是之折辱阿瞒，而阿瞒居然避害贤之名，欲借景升之刀，以快其意，此又奸雄之不可及处。吾论此剧，盖深服正平之豪气壮胆，甚爱阿瞒之忍辱爱名，而又未尝不叹息痛恨黄祖之果为土偶^⑥也。

【注释】

　　① 武樗瘿(chū yǐng)：武鑫，字品三，晚号樗瘿老人。江苏丹徒人，晚清民国吴越间文化名人。

　　② 浮大白：指满饮大杯酒。浮，满饮。大白，酒杯。

　　③ 桓子野：桓伊，字叔夏，又字子野，东晋将领。喜音乐，善吹笛，笛技时称"江左第一"。

　　④ 嵇中散：即嵇康。

　　⑤ 明妃：即王昭君。

　　⑥ 土偶：泥土塑成的人像。

一四九　《演义》之移花接木

　　关公义释黄忠事，《演义》乃采《南阳人物志》^①一则附会成之，盖《黄忠传》不载也。《志》云：有故蜀将黄忠，方其未归蜀先帝时，曾遇关云长于长沙之攸县，彼此未之识也，忠时方猎于山陂间，射所逐鹿兔，罔弗殪^②，关公驻马道中，见其箭之神，心甚爱慕,不禁失声呼。忠闻声返视,疑是寇敌,然亦心重公之貌威而神肃,因欲虚射之,中其胄缨,关公虽怒其无礼,然益爱之。忠行驰出其前,马忽惊蹶,公亟掖扶之,忠仅谢而去,彼此迄未知名氏。《演义》云云,具见移花接木之妙。

【注释】

　　①《南阳人物志》:作者马三山(1793—1841),字海峰,河南南阳新野人。

　　② 殪(yì):死。

一五〇　灾祥之纪述

　　旧时稗史①,辄多灾祥之纪述,《三国演义》亦所不免。其彰著者,如灵帝升座于温德殿,狂风骤起,有一条大青蛇,从梁上飞下,蟠于椅上。又洛阳地震,海水泛溢,沿海居民,尽被大浪卷入海中。又雌鸡化雄。又黑气十余丈,飞入温德殿中。又有虹见于玉堂。又五原山岸尽皆崩裂。又楼桑村有大桑树,高五丈余,遥望之幢幢如车盖,相者曰:此家必出贵人。均见首回。少帝及陈留王二人奔走北邙,黑暗之中,正无奈何,忽有流萤千百成群,光芒照耀,只在帝前飞转。见三回。孙坚兵攻襄阳,忽一日狂风骤起,将中军帅字旗杆吹折。又蒯良谓刘表曰:某夜观天象,见一将星欲坠,以分野度之,当应在孙坚。均见七回。

董卓母曰:吾近日肉颤心惊,恐非吉兆。又董卓从郿坞乘车进长安,于路车折一轮,卓下车乘马,马又咆哮嘶喊,掣断辔头。又次日狂风骤起,昏雾蔽天。又董卓入庙,忽见一道人,青袍白巾,手执长竿,上缚布一丈,两头各书一口字。均见九回。侍中太史令王立,谓宗正刘艾曰:吾仰观天文,自去春太白犯镇星于斗牛,过天津,荧惑又逆行,与太白会于天关,金火交会,必有新天子出。见十四回。曹操兵临小沛,路中忽有大风摧折牙旗一面,占谓有人劫寨。见二十回。沮授夜仰观天文,忽见太白逆行,侵犯斗牛之分。见三十回。曹操屯兵河上,见数老人,召之赐坐,谓:吾军士惊扰汝乡,吾甚不安。父老曰:桓帝时有黄星见于楚宋,辽东人殷馗善观天文,夜宿于此,对老汉等言,黄星见于乾象②,正照此间,后五十年,当有真人起于梁沛之间。今以年计之,整整五十年,可望太平矣。见三十一回。

曹丕初生时,有云气一片,其色青紫,圆如车盖,覆于其室,终日不散,有望气者,密谓操曰:此天子气也。见三十二回。曹丕见妇人啼哭,拔剑斩之,忽见红光满目,问之,乃刘氏与甄氏也。见三十三回。操夜宿冀州城东楼上,仰观天文,时荀攸在侧,操曰:南方旺气灿然,恐未可图。攸曰:以丞相天威,何所不服?正看间,忽见一道金光,从地而起,攸曰:此必有宝藏于地

140

下。操令人随光掘之,一铜雀也。见三十三回。刘禅生时,夜有白鹤一只,飞来县衙屋上,高鸣四十余声,望西飞去,临分娩时,异香满室。见三十四回。

　　司马徽曰:昔有殷馗,善观天文,尝谓群星聚于颍分,其地必多贤士。见三十七回。玄德与简雍、糜竺正行间,忽然一阵狂风,尘土冲天,平遮红日。又张郃挺枪刺赵云,忽然一道红光,从土坑中冲起,那匹马平空一跃,跳出坑外。均见四十一回。曹操宴长江时,忽闻鸦声,望南飞鸣而去,操问曰:鸦何夜啼?左右曰:鸦见明月,疑是天晓,故离树而鸣。见四十八回。玄德、孔明同往长沙,正行间,青旗倒卷,一鸦自北飞,连叫三声而去,孔明袖占一课,知长沙主得大将。又孔明夜观星象,见西北有星坠地,必应折一皇族,忽报刘琦病亡。均见五十三回。吕范至荆州做玄德媒,孔明卜易得大吉利之兆。见五十四回。孔明夜观乾象,见将星坠地,知周瑜已死。见五十七回。玄德兵至涪水之上,忽有一阵旋风将帅旗吹倒。见六十二回。亮致统书曰:吾夜算太乙数,今年岁次癸亥,罡星在西方,又观乾象,太白临于雒城之分,主在将帅身上,多凶少吉,切宜谨慎。又孔明在荆州,七夕饮宴,见正西上一星,其大如斗,从天坠下,流光四散,知庞统之死。均见六十三回。

　　曹操造建始殿,砍跃龙祠旁一大梨树,铮然有声,血溅满身,操大惊回宫,梦见树神来杀,自是得病不起。见七十八回。曹丕即王位,是岁八月,报石邑县凤凰来仪,临淄城麒麟出现,黄龙现于邺郡,后李伏、许芝奏曰:此即上天示瑞,魏当代汉之象也。见七十九回。谯周曰:近有祥风庆云之瑞,成都西北角,有黄气数十丈,冲霄而起,帝星见于毕胃昴之分,煌煌如月,此正应汉中王即帝位,以继汉统,更复何疑。见八十回。先主见西北一星,其大如斗,忽然坠地,主张飞死。又先主召李意,问亲统大军报仇休咎,意乃索纸笔画兵马器械四十余张,画毕,便一一扯碎;又画一大人,仰卧于地上,旁一人掘土埋之,上写一大白字。见八十一回。先主在猇亭军中,旗幡无风自倒。见八十四回。许昌城门无故自崩。又谯周启孔明曰:予夜观天象,北方旺气正盛,星曜倍明,未可图也。均见九十一回。孔明大会诸将,忽一阵大风,将庭前松树吹折,孔明就占一课,主损一大将。见九十七回。武昌东山,凤凰来仪,大江之中,黄龙屡现,应孙权即帝位。见九十八回。谯周奏后主曰:近有群鸟数万,自南飞来,投于汉水而死。又观天文,见奎星缠于太白之分,盛气在北,不利伐魏。又成都人民,皆闻柏树夜哭。均见一百零二回。孔明夜观天文,谓:三台星中,客星倍明,主星幽暗,相辅列曜,其光昏暗,天象如此,吾命可知。又司马懿夜观天文,见将星失位,孔明必然有病,不久便死。均见一百零三回。司马懿夜观天文,见一大星赤色,光芒有角,自东北方流于西南方,堕于蜀营内,三投再起,隐隐有声。懿曰:孔明死矣。见一百零四回。曹叡兴造楼殿,命马钧折柏梁台上取铜人,见铜人眼中下泪,众大惊,忽然台边一阵狂风起处,飞沙走石,急

142

如骤雨,一声响亮,如天崩地裂,台倾柱倒,压死千余人。见一百零五回。伦直谏公孙渊曰:近有犬戴巾帻,身披红衣,上屋作人行。又乡民造饭,饭甑之中,忽有一小儿蒸死于内。又市中忽陷一穴,涌出一块肉,周围数尺,头面眼目口鼻俱全,独无手足,刀箭不能伤,卜者曰:有形不成,有口不声,国家亡灭,故现其形。又曹叡在宫中,夜三更,忽然一阵阴风,只见毛皇后引数十宫人环泣索命。均见一百零六回。太和元年秋八月朔,忽起大风,江海涌涛,平地水深八尺,吴主先后所种松柏,尽皆拔起,直飞到建业城南门外,倒插望道上。又诸葛恪兵伐中原,临行忽见一道白气,从地而起,遮断三军。均见一百零八回。孙綝晨起床,平地如人推倒。见一百十三回。黄龙两见于宁陵井中。见一百十四回。晋末间,天降一人,身长二丈余,脚迹长三尺二寸,白发苍髯,着黄单衣,裹黄巾,拄藜头杖,自称曰:"吾乃民王也,今来报汝,天下换主,立见太平。"如此在市游行三日,忽然不见。见一百十九回。

【注释】

　　① 稗史:记载琐事的野史、小说之类。

　　② 乾象:天象。

一五一　昭烈帝之债券

张献忠破荆州时,民家有汉昭烈帝借富民金充军饷券,武侯押字,笔墨如新。见《绥寇纪略》①。如此债券,若传至今日,定必以瑰宝视之。

【注释】

①《绥寇纪略》:作者吴伟业(1609—1672),字骏公,号梅村,江苏太仓人。

一五二　孔融杀黄祖

《池北偶谈》:"孔融为北海①相,左丞黄祖,劝融结袁、曹,融怒杀之。此别是一黄祖,皆汉末人。"同时有两黄祖,《演义》所未载。

① 北海：东汉时国名，治所在今山东寿光市东南。

一五三　五丈原之所在

　　五丈原之所在，见清《洪北江诗话》^①云：五丈原在郿县西南，与岐山县接界，原平如掌。余癸卯岁访庄大令于郿县，曾骑马遍历之，为赋一律云："五丈原高气杳冥，三分国势费调停。地形纵复输中夏，天象居然见大星。丙魏尚惭真宰相，孙曹同愧小朝廷。茫茫川阜仍如昔，渭水苍凉太乙青。"原西接麦里河，东界石头河，南临棋盘山，北据渭水，形势险要，可攻可守。相传诸葛亮六出祁山，驻兵于此。在五丈原北建有诸葛武侯祠，楹联匾额甚多。

【注释】

①《洪北江诗话》：即《北江诗话》，清洪亮吉著。

一五四　关公走麦城之实录

《吕蒙传》云：关某吏士无斗心，会权^①寻^②至，关某自知孤穷，乃走麦城，西至漳乡，众皆委^③公而降。权使朱然、潘璋断其径路，即父子俱获，荆州遂定。此关公走麦城之实录也。公《本传》亦载之。

【注释】

① 权：指孙权。
② 寻：不久。
③ 委：舍弃。

一五五　裸游馆

今之游泳池，男女裸逐，不知三国初即有之。《拾遗记》^①云：灵帝初平三年^②，于西园起裸游馆十间，采绿苔以被阶，引渠水以绕砌,周流澄澈,乘小舟以游漾,宫人乘之,选玉色轻体者以执篙楫,摇荡于渠中。其水清浅,以盛暑之时,使舟覆没,视宫人玉色,奏招商七言之歌,以来凉气也。其歌曰:"凉风起兮日照渠,青荷昼偃叶夜舒,唯日不足乐有余,清弦流管歌玉凫,千年万岁喜难逾。"渠中植莲大如盖,枝长一丈,南国所献也。其叶夜舒昼卷,一茎有四莲丛生,名曰夜舒荷。帝乃盛夏避暑于裸游馆,长夜饮宴。帝叹曰:"使万年如此,则为上仙矣。"官人年二七以上,三六以下,皆靓妆而解上衣,或共裸浴。西域所献茵墀香,煮为浴汤,宫人以之沐浴,浴毕,余汁入渠,名曰流香渠。又欲内监为鸡鸣,于馆北起鸡鸣堂,多畜鸡。每醉乐,迷于天晓,内阉竞作鸡鸣,以乱真声也。仍以炬烛投于殿下,帝乃惊寤。及董卓破京师,收其美人,焚其堂馆。至魏咸熙中,于先帝投烛处,溟溟有光如星,后人以为神光,于此地建屋名曰馀光祠,以祈福。至魏明帝之末乃扫除焉。

【注释】

①《拾遗记》:又名《拾遗录》《王子年拾遗记》,古代中国神话志怪小说集。作者东晋王嘉,字子年,陇西安阳(今甘肃渭源)人。

②初平三年:192 年。

一五六　曹操之妻

　　曹操之妻,《演义》不提。按曹操妻卞氏,称武宣卞皇后,丕兄弟五人,皆其所出。本倡家①,后以汉延熹三年②十二月己巳生齐郡白亭,有黄气满室移日,父敬侯怪之,以问卜者王旦,旦曰:"此吉祥也。"年二十,曹操于谯纳后为妾。建安初,丁夫人废,遂以后为继室。卞后性俭约,不尚华丽。无文绣珠玉,器皆黑漆。操常得名珰③数具,命后自选一具。后取其中者,操问其故,对曰:"取其上为贪,取其下者为伪,故取其中者。"

【注释】

① 倡家:古代指从事音乐歌舞的乐人。

② 延熹三年:160 年。

③ 珰:耳环。

一五七 王平乃李平之误

　　玄德进位①汉中王,载于《志传》,悉为事实。上献帝表则与传载稍有出入,盖《演义》笔墨,务求浅近,艰涩处未免有所增损耳。又玄德命刘封、孟达、王平等攻取上庸,申耽降服,悉本先主传,唯王平乃李平之误。

【注释】

　　① 进位:进升爵位,封号。

一五八 刘禅为刘括之养子

　　初刘备在小沛,不意曹公卒①至,遑遽②弃家属,后奔荆州。禅时年数岁,窜匿③,随人西入汉中,为人所卖。及建安十六年④,关中乱,扶风人刘括避乱入汉中,买得禅,问知其良家子,遂养为子,与娶妇,生一子。初禅与备相失时,识其父字玄德。比

149

舍人有姓简者,及备得益州,而简为将军,备遣简到汉中,舍都邸。禅乃诣简,简相检讯,事皆符验。简喜,以语张鲁,鲁为洗沐,送诣益州,备乃立为太子。此事出诸《魏略》,离奇异常,或系魏人故为诬弄。裴松之辨正,具见卓识。

【注释】

① 辛:同"猝",突然。

② 惶遽:惊惧、慌张。

③ 窜匿:窜逃藏匿。

④ 建安十六年:211 年。

一五九　如火如荼之文武人才

三国人才,文武兼备,极如火如荼之盛。最早者,如吕布之文武,有张辽、郝萌、曹性、高顺、臧霸、侯成、宋宪、魏续、成廉、陈宫、许汜、王楷、薛兰、李封。袁术之文武,如韩胤、纪灵、雷薄、陈兰、阎象、张勋、桥蕤、陈纪、韩暹、李丰、梁刚、乐就、杨奉、杨大将、冯方。袁绍之文武,如田丰、沮授、郭图、审配、逢纪、许攸、颜良、文丑、张郃、高览、淳于琼、韩猛、吕旷、吕翔、荀谌、陈琳、陈震、眭元进、吕威璜、韩莒子、赵叡、辛明、辛评、高干、王修、马延、张颌、尹楷、沮鹄、冯礼、焦触、张南。刘表之文武,如蒯越、蒯良、蔡瑁、张允、李珪、王粲、伊籍、文聘、王威、宋忠、黄祖、傅巽①。张鲁之文武,如杨任、杨昂、阎圃、杨松、杨柏、张卫。刘璋之文武,如张任、泠苞、邓贤、卓膺、吴兰、雷同、刘璝、张松、严颜、彭羕、李严、法正、王累、黄权、吴懿、张翼、郑虔、董和、许靖、刘晙、马汉、秦宓、庞义、刘巴、费观、李恢、谯周、吕乂、霍峻、邓芝、杨洪、周群、费诗、孟达、费祎。

诸葛亮伐魏之文武,如赵云、魏延、张翼、王平、李恢、吕乂、马岱、廖化、马忠、张嶷、刘琰、邓芝、马谡、袁綝、吴懿、高翔、吴班、杨仪、刘巴、许允、丁咸、刘敏、宫雌②、胡济、阎晏、爨习、杜义、杜祺、盛敦、樊岐、董厥、关兴、张苞、陈式、苟安、靳祥、谢雄、龚起、杜叡。司马懿拒蜀之文武,如司马师、司马昭、孙礼、张郃、岑威、夏侯霸、夏侯威、郭淮、夏侯惠、夏侯和。姜维伐魏之文武,如张翼、夏侯霸、鲍素、张嶷、傅佥、廖化、蒋舒、王含、蒋斌、胡济、董厥。邓艾伐蜀之文武,如司马望、杨欣、诸葛绪、王颀、牵弘、师纂、丘本。钟会伐蜀之文武,如卫瓘、胡烈、田续、庞会、田章、爰彭、丘建、许仪、夏侯咸、王买、皇甫闿③、句安等八十余员。

晋伐吴之文武,如杜预、司马伷、王浑、王戎、胡奋、王濬、唐彬、杨济、周旨、张尚。先主伐吴之文武,如黄权、傅彤、程畿、张翼、马良、赵融、陈震、廖淳、黄忠、冯习、吴班、张南、赵云、关兴、张苞、沙摩柯、刘宁,其余川将数百员及五溪番将等。伐吴丧失之文武,如傅彤、沙摩柯、程畿、张南、杜路、刘宁、冯习、黄权、黄忠。平南蛮之文武，如蒋琬、关索、费祎、吕凯、董厥、王伉、樊建、马谡、马忠、魏延、张嶷、马岱、王平、张翼、赵云。佐关公守荆州之文武，如伊籍、向朗、糜竺、糜芳、廖化、关平、周仓、马良、傅士仁、潘濬、赵累、王甫。

【注释】

　① 巽：音 xùn。

　② 雝：音 yōng。

　③ 闓：音 kǎi。

一六〇　《演义》中地名之可考者

《演义》中地名之可考者，如华容，在荆州府。麦城，在今安陆府当阳县东南。虎牢，在河南汜水县西北。隆中，在今湖北襄阳县西二十里。赤壁，在湖北嘉鱼县东北。柴桑，在江西九江县西九十里。定军山，在汉中府沔县东南。玉泉山，在荆门州当阳县。祁山，在巩昌府西和县北。斜谷，陕西终南山之谷，在郿县西南，长四百二十里。磐河，在山东陵县东。檀溪，在襄阳西门。瓦口，在汉中。逍遥津，在合肥城外。金雁桥，在雒城东。长坂桥,在湖北当阳县。剑阁,在四川保宁府剑州。猇亭,在湖北宜都县西。街亭,在甘肃秦州县东北。汉寿,在四川昭化县南。绵竹,在四川德阳县北。解良,在山西河东。耒阳,在湖南衡州府。桂阳,在湖南郴①州。江夏,在湖北武昌府。涿郡,在北平顺天府涿州。华阴,在陕西关中。陈留,在河南开封。乌程,在浙江吴兴县。新丰,在陕西临潼县东北。西凉,在甘肃敦煌县。巴中,在四川巴州。谯县,在今江南凤翔府濮州。皖城,在安徽历山县北。白帝,在四川夔州府东。涪城,离成都三百六十里。樊城,在湖北襄阳县北汉江上。濮阳,在山东濮县南。宣城,今安徽南陵县东四十里。历城,在甘肃成县北。潼关,在西安华阴县东。白水关,在四川昭化县西北。阳平关,在沔县西北。武街,今巩昌阶州。牛头山,在昆州东南。常山,在今河北真定曲阳县西北。芒砀山,在江苏砀山县东南。岘②山,在襄阳东门。巴丘,今为湖南岳州。羡溪,在安徽无为县东北。濡须坞,在安徽巢县南。乌林,在湖北嘉鱼县西。建业,在江苏江宁。巴郡,在四川保宁府。巴西,今四川阆中县。犍为,在今四川宜宾县。临淮,在安徽盱眙县西八十里。平原,属山东济南。豫章,今江西南昌。中牟,在今河南开封。陈留,属河南开封。曲阿,在江苏丹阳县治。黎县,在今河南浚县东北。下邳,在今江苏邳县东。蓝田,在今陕西西安。高唐,在今山东禹城县。高陵,在河南临漳县西。葛陂,在今河南新蔡县北。夏口,在湖北汉阳县。洮阳,在广西桂林。上潞,在山西潞城县。

153

【注释】

　① 郴：音 chēn。

　② 岘：音 xiàn。

一六一　空城计

　　空城计一事,虽妇孺莫不知之,其实《志传》不载。郭冲之五事①,其第三事即为《演义》之蓝本,然亦不及城楼弹琴,则其子虚可知。其第三事云:亮屯阳平,遣魏延诸军,并兵东下,唯留万人守城。司马懿率二十万众拒亮,而与延军错道,径至前。当亮六十里所,侦探白懿,说亮在城中,兵少力弱。亮亦知懿兵已相逼,欲前赴,延军相去又远,回迹反战,势不相及,将士失色,莫知其计。亮意气自若,敕军中皆卧旗息鼓,不得妄出。又令大开四城门,扫地却洒。司马懿常谓亮持重,猥见势弱,疑其有伏兵,于是引兵军北山。明日食时,亮抚掌大笑,谓参佐曰:"司马懿必谓吾怯,将有强伏,循山走矣。"候逻还白。果如亮言。后懿知之,深以为恨。又《北史》载:祖珽②出为北徐州刺史,至州,会有陈寇,百姓多反,珽不闭城门,守陴者皆令下城,靖坐街巷,禁断人行,鸡犬不听鸣吠。贼无所闻见,莫测所以,或疑人走城空,不设

154

警备。至夜,珽忽令大叫,鼓噪喧天,贼众大惊,登时走散。观此,可知空城计乃祖珽之狡狯,非孔明也。或曰:陈寿作三国评论,虽崇魏抑蜀,然非出于本意,观其对于魏曹,处处有微词。如评操曰:"太祖运筹演谋,鞭挞宇内。"又曰:"终能总御皇机,克成洪业者,唯其明略最优也。抑可谓非常之人,超世之杰矣。"其颂耶讽耶?篡窃之义,已隐然在内矣。评吴则以勾践视之,唯于先主称为有高祖之风。又曰:"托孤于诸葛亮而心神无贰,诚君臣之至公,古今之盛轨也。"推尊先主,可谓备至。盖与《演义》一鼻孔出气者也。

【注释】

① 郭冲之五事,指西晋人郭冲所作的"条亮五事"。"五事"为:事一,与法正辩法度;事二,观色而见刺客;事三,空城计;事四,孔明拒贺;事五,取信于军。陈寿认为"五事"不可靠,弃而不用;裴松之为《三国志》做注时用史料一一驳斥,认为五事属子虚乌有。

② 珽:音 tǐng。

一六二　武侯不谏先主之故

我友息庵,持论却贬先主,谓蜀汉昭烈之爱民,沽名之心居其半，非能如文王之视民如伤也。昭烈之言曰："吾今与曹操相持，操以严，吾以宽，操以暴，吾以仁，务与相反，庶可以成大事。"故其爱民也，特欲与操争天下耳。迨入川未久，即欲以成都良田分赐功臣，以赵云之谏而止。观于此，而益了然矣。赵云之谏，实有大臣之度，匪直^①大将才也。或曰：何以赵云谏而武侯不谏？曰：武侯之不谏，非不欲谏，君子明哲保身之义也。不观萧何在关中强买民田，高祖闻之而喜乎？夫萧何岂真欲强得民田者？其不惜出此以自污者，处猜忌之主，有不得不然者也。武侯之不谏赐田，亦犹是意耳。

【注释】

　　① 匪直：不只。

一六三　铜雀台赋之蛇足

　　曹植《铜雀台赋》，载于《魏志·陈思王传》注所引阴澹^①《魏纪》中。唯原文"望园果之滋荣"句下，即接"仰春风之和穆兮"句。"立双台于左右兮"句起，至"协飞熊之吉梦"句止，为《演义》作者所添，殊嫌蛇足。

【注释】

① 阴澹：凉州学者、官吏。著有《魏纪》。

一六四　诸葛亮舌战群士诸传均不载

诸葛亮舌战群士,诸《传》均不载,即各家笔记亦无之,确为《演义》所虚构。但舌底翻澜①,言词犀利,增读者不少兴味,的是妙文。

【注释】

① 翻澜：比喻言辞滔滔不绝。

一六五　三国立国之年数

三国立国之年数,蜀汉四十四年而亡,吴六十一年而亡,魏四十八年而亡。三国所纪年号之起止,自后汉建宁二年①,至晋太康七年②止,中间经过一百三十三年。三国君位之世次,蜀汉昭烈帝刘备,后帝刘禅,凡二主。吴大帝孙权、孙亮、景帝孙休、孙皓,凡四主。魏文帝曹丕,明帝曹叡,废帝曹芳、曹髦、曹奂,凡五主。三国君主之年号,蜀汉昭烈帝章武凡三年。后帝建兴凡十五年,延熙凡十九年,景耀凡五年,炎兴凡一年。吴大帝黄武凡七年,黄龙凡三年,嘉禾凡六年,赤乌凡十三年,太元凡一年。孙亮建兴凡二年,五凤凡二年,太平凡二年。孙休永安凡六年,元兴③凡一年。孙皓甘露凡一年,宝鼎凡三年,建衡凡三年,凤凰凡三年,天册凡一年,天玺凡一年。魏文帝黄初凡七年。明帝太和凡六年,青龙凡四年,景初凡三年。曹芳正始凡九年,嘉平凡五年。曹髦正元凡二年,甘露凡四年。曹奂景元凡四年,咸熙凡二年。

【注释】

① 建宁二年:169 年。

② 太康七年:286 年。

③ 元兴:实为孙皓之年号。

一六六　周瑜无伪死挂孝举哀事

周瑜中箭,见于《瑜传》。唯无伪称己死挂孝举哀事。《传》

云:"宁①围既解,乃渡屯北岸,克期大战,瑜亲跨马擽陈②,会流矢中右胁,疮甚,便还。后仁闻瑜卧未起,勒兵就阵。瑜乃自兴,案行军营,激扬吏士,仁由是遂退。"又孔明气周瑜事,《志传》亦不载。

【注释】

① 宁:为甘宁。

② 擽(lì)陈:犹掠阵。

一六七　王朗非骂死

武侯骂死王朗,乃《演义》作者以王朗之死,适在太和二年,并附会《武侯集》以点缀之耳。《集》载建兴元年①,先主新崩,是岁魏司徒华歆②、司空王朗、尚书令陈群、太史令许芝、谒者仆射诸葛璋,各有书与亮,陈天命人事,欲使举国称藩。亮遂不报,作正议以拒之,中有"纵使二三子多逞苏、张诡靡之说,奉进骓兜滔天之辞,欲以诬毁唐帝,讽解禹、稷。所谓徒丧文藻烦劳翰墨者矣。夫大人君子之所不为也"。语含讽斥,使受者难堪耳。《演义》云骂死,未免言过其实。

【注释】

① 建兴元年：223 年。

② 歆：音 xīn。

一六八　封侯之人

关羽为汉寿亭侯，人均能道之。其他尚有称亭侯者。如于禁为益寿亭侯，刘备为宜城亭侯，刘苌为解渎①亭侯，许允为汉成亭侯，马忠为博阳亭侯，孟达为平阳亭侯，田畴为柳亭侯，郭淮为射亭侯，张飞为新亭侯，曹操为费亭侯，吕布、张郃、袁琳、魏延俱为都亭侯，诸葛亮为武乡侯，人咸能道之。其他尚有称乡侯者，如张飞为西乡侯，曹植为安乡侯，袁绍为初乡侯，刘琰为都乡侯，董卓为鳌乡侯。寻常之侯，吴班安乐，吴懿高阳，尚举青衣，高翔玄都，马岱陈仓，孙策吴侯，孙峻富春。陆逊江陵，亦称娄侯。韩遂西凉，诸葛诞高平，刘豹阳泉，公孙渊、公孙康襄平，吕布温侯，郭嘉贞侯，赵云顺平，魏延南郑，姜维平襄，羊祜钜平，孙权南昌，高览东莱，樊稠万年，蔡瑁镇南，蒯越樊城，曹植临淄，孙坚乌程，李傕池阳，李通建功，张允助顺，董旻鄠②侯，黄忠刚侯，张济平阳。孙皓乌程，亦称归命。曹彰鄢

陵,吕蒙屏陵,又文虎、文鸯、文聘、王粲、张辽、张嶷、周鲂、杨
阜、傅巽,俱封关内侯。称公者,如公孙渊乐浪公,司马昭晋
公,曹髦高贵乡公,曹璜常道乡公,刘禅安乐公,曹操魏公,刘
协山阳公。

【注释】

　　① 渎:音 dú。
　　② 鄠:音 hù。

一六九　三国人物称王者

　　三国人物称王者,如公孙渊燕王,司马孚安平王,司马伷琅
琊王,司马懿宣王,司马师景王。司马昭景王,亦称文王。司马
炎晋王,孙休琅琊王,孙权吴王,孙策长沙桓王,孙霸^①豫章王,
孙亮会稽王。曹操魏王,亦称武王。曹丕魏王,曹彰任城王,
曹熊萧怀王,曹叡平原王,曹芳齐王,曹据彭城王,曹奂陈留
王,曹宇燕王,少帝刘辩弘农王,献帝刘协陈留王,刘备汉中
王,刘理梁王,刘永鲁王,刘胜中山靖王,关羽荆王,刘谌北
地王。

【注释】

① 罥：音 wān。

一七〇　校尉之冠以名目者

校尉之冠以名目①者，丁斐典军，王颀越骑，尹大目殿中，尹奉统兵，伍孚越骑，伍琼城门，李傕司隶。袁绍司隶，又号中军。尚弘行军，周泰军前，师纂帐前，崔烈城门。孙策怀义，又号折冲。凌操从征，张飞司隶，张纮②正义，陆纡城门，陈应管军，陈武军前，曹操骁③骑，淳于琼左军，毕范司隶，黄琬司隶，华雄骁骑，杨龄管军，董衡领军，董超领军，赵萌右军，赵昂统兵，廖立长水，诸葛丰司隶，蒋钦军前，鲍龙管军，鲍信后军。

【注释】

① 名目：名号。

② 纮：音 hóng。

③ 骁：音 xiāo。

一七一　都尉之冠以名目者

都尉之冠以名目者,王则奉车,孔伷泰山,申耽房陵,申仪上庸,吕蒙北平,典韦帐前,孙桓武卫,陆骏九江,张纮会稽,凌统丞烈,盛敦绥军,邓良驸马①。

【注释】

① 驸马:副车之马,帝王出行所乘之车驾为正车,随行之马车为副车。

一七二　中郎将之冠以名目者

中郎将之冠名目者,丁咸笃信,王修司金,毛玠①典农,任峻典农,李通镇威,李肃虎贲②,杜祺武略,胡济昭武,宫雠典军,张昭抚军,张鲁镇南,董和掌军,赵统虎贲,樊岐武略。

一七三　将军之冠号者

　　将军之冠号者，丁奉北平，于禁征南，王双虎威，王基镇南，王濬龙骧，王浑征东，王昶征南，公孙度武威，公孙渊扬烈，田畴靖北，司马钧征西，毌丘俭镇东，朱然虎骧，朱赞荡寇，朱桓奋威，岑威镇远，吴子兰昭信，伍习殄①虏，吕乂定远，吕布平东，李乐征北，李恢安汉，杜预镇南，孟达建武，段珪荡寇，姜维辅汉，姜叙抚夷，胡遵征东，胡奋平南，徐盛安东，徐晃平南，孙昭扬威。孙策讨逆，又号殄寇。孙据威远，孙恩武卫，孙桓安东，马岱平北。马腾征西，又号征南。马超平西，马谡安远，马忠奋威，全琮绥南，夏侯霸征西，唐彬广武，郝昭镇西，乌桓触镇北，张苞虎翼，张飞征远，张鲁镇南，张绣扬武。曹操建德，又号镇东。陈登伏波，陈泰征西，陈骞安东，张嶷荡寇，陆逊镇西，曹训武卫，许褚折冲，贾逵建威，黄权镇南，黄忠镇西，关羽荡寇，关兴龙骧，刘备征东，廖化飞卫。赵云镇南，又号虎威镇远。魏延征北，又号扬武。糜竺安汉,钟会征西,韩遂镇西,刘璋振威,刘巴征南,阎晏谏议,杨仪绥军。邓艾安西,又号征南。邓芝扬武,韩暹征南,韩馥奋威。

【注释】

① 殄：音 tiǎn。

一七四　关公磨刀雨

农历五月十三日。旧俗祭祀关公,设三牲①,且有庙会。巡抚进香,所有武官及武举人、武秀才,均随之跪拜。此日相传为关公磨刀赴会之期。是晨必雨,称之为磨刀雨,汴地②有谚云：大旱不过五月十三。

【注释】

① 三牲：祭祀用的牛、羊、猪。
② 汴地：指河南开封一带。

一七五　关帝庙较古者

　　关帝庙几乎到处有之,闻日本亦有关帝庙。较古者,如福建东山县城岖嵝山东麓之关帝庙,一称武庙,建于明洪武二十二年[①],正德、嘉靖、万历以及清康熙、同治、光绪年间均经重葺。庙依山而筑,规模宏大,远望似苍龙舞海。庙门为宫殿式,木雕石刻,甚为精工。明武英殿大学士黄道周[②]撰联:"数定三分,扶炎汉平吴削魏,辛苦备尝,未了一生事业;志存一统,佐熙明降魔伏虏,威灵丕振,只完当日精忠。"庙右为黄道周出生地,称"石斋故里"。又河南周口市有关帝庙,建于清顺治、康熙年间,乾隆、嘉庆时曾多次修葺。主体建筑,有大殿、三殿、戏楼、春秋阁。大殿前乾隆时所建石牌坊,甚为壮伟,石雕之精,无与伦比。又山西定襄县北关之关帝庙,称关王庙,金泰和八年[③]创建,元至正六年[④]重修,明清两代,又曾重葺。关羽,宋代封为忠惠公及昭烈武安王,明清时始封为帝,故元以前之武庙,均为关王庙。此庙殿宇仍属金代原构,斗拱殊常,结构形制达八种之多。殿内壁画,均绘《演义》故事,成于嘉庆八年[⑤]。庙内金元明清碑刻,对关羽封号及其修建经过,记述甚详。又虎头关帝庙,在黑龙江虎林县虎头区乌苏里江左岸,建于清雍正年间,嘉庆己巳^⑥重修。庙依山傍水,古木葱蔚,浚有湖沼,亭桥点缀,景色清逸。庙花墙围绕,斗拱交错,两侧列有各种兵器。庙殿有七尊塑像,中为关羽,下有六配,塑像后面及左右,均加彩绘,惜已失修。

【注释】

① 洪武二十二年:1398 年。洪武,明太祖朱元璋的年号。

② 黄道周(1585—1646):字幼玄,一作幼平或幼元,又字螭若、螭平等,号石斋。福建漳浦铜山(今东山县铜陵镇)人。明末学者、书画家、文学家。

③ 金泰和八年:1208 年。泰和,金章宗完颜璟的年号。

④ 至正六年:1346 年。

⑤ 嘉庆八年:1803 年。嘉庆,清仁宗爱新觉罗·颙琰的年号。

⑥ 嘉庆己巳:即嘉庆十四年,1809 年。

一七六 关昭石塔

关昭石塔,在江苏镇江西云台山北麓,北临长江,建于元末明初,属喇嘛塔形式,刻有"昭""关"二字,故名。又因外观如瓶,一称瓶塔。万历十年①重修,座、身、顶全由青石雕成。石塔传为三国孙权与刘备联姻时建,有石瓶,今为佛教遗物。

【注释】

　　① 万历十年:1582 年。

一七七　凤雏庵

　　凤雏为庞统之号,是庵在湖北蒲圻县金鸾山腰,为赤壁之战之遗址。相传赤壁之战,献连环计之庞统,曾隐居于此。原屋简陋,屡次扩建,但又遭兵燹①,仅存殿室数间,道光二十六年②重行建设。主室有庞统塑像,甚为庄严。庵之周围,山径崎岖,古木秀蠹,有千年以上之银杏,碧叶森森,别具景色。

【注释】

　　① 燹(xiǎn):火。特指兵火,战火。
　　② 道光二十六年:1846 年。

一七八　武侯祠

　　杜少陵^①有《蜀相》诗："丞相祠堂何处寻,锦官城外柏森森。映阶碧草自春色,隔叶黄鹂空好音。三顾频烦天下计,两朝开济老臣心。出师未捷身先死,长使英雄泪满襟。"此祠为西晋时李雄^②所建。锦官城,指成都。初与蜀先主刘备昭烈庙相邻,明初,武侯祠并于昭烈,故大门横额书"汉昭烈庙"。现存殿宇,系清康熙十一年^③重建。今古柏犹苍郁,掩映碧瓦红墙间。祠内有唐碑,称"三绝碑"。所谓"三绝",乃唐元和四年^④,由宰相裴度撰文,书家柳公绰书写,石工鲁健镌刻。东西偏殿,有关羽、张飞等塑像。东西二廊,分别为文武廊房,塑蜀汉文官武将二十八人,像前均有小石碑,镌名人传略。殿正中为武侯贴金塑像,两侧为子诸葛瞻、孙诸葛尚塑像。殿内外匾对甚多,最著者为清赵藩一联:"能攻心,则反侧自消,从古知兵非好战;不审势,即宽严皆误,后来治蜀要深思。"诸葛亮像前,有铜鼓三面,称诸葛鼓,为公元六世纪物。殿西为刘备墓,名惠陵,封土甚高。此外河南南阳卧龙岗亦有武侯祠,传诸葛亮曾躬耕于此,唐宋建祠以志纪念,元初遭兵,殿宇被毁,大德年间重建。清康熙时,发现前人题咏《卧龙岗十景》之石刻。即按石刻修建半月台、老龙洞、野云庵、三顾茅庐、小虹桥、抱膝石、躬耕亭、古柏亭、梁父岩、诸葛井，与武侯祠之山门、大殿、清风楼、三顾堂、关张殿、石牌坊相对衬，祠之东南隅有一台，传为诸葛亮读书处。西南隅有龙角塔。又陕西勉县有武侯祠，祠内建有殿庑游廊、房舍七十余间。历代名人如桓温、李白、杜甫、苏轼、王安石、陆游、顾炎武等，均留有墨迹刻石。别有武侯宫，一名拜风台，在湖北赤壁之战遗址之南屏山顶，传说是诸葛亮祭东风之七星台，后人建宫以资纪念。此后屡毁屡修，现存两殿一厅，塑有诸葛亮、刘备、关羽、张飞座像。又诸葛亮之早年隐居处，一谓在襄阳附近之隆中，一谓在南阳之卧龙岗。清襄阳人顾嘉蘅任南阳知府，为卧龙岗撰一联云："心在朝廷，原无论先主后主；名高天下，何必辨襄阳南阳。"

【注释】

① 杜少陵：即唐代诗人杜甫。

② 李雄(274—334)：西晋末年流民起义首领李特第三子，成汉开国皇帝。306年即皇帝位，国号大成，在位30年。

③ 康熙十一年：1672年。

④ 元和四年：809年。元和，唐宪宗李纯的年号。

一七九　赤壁之战遗址

赤壁原名石头关,在湖北蒲圻之长江南岸,隔江与乌林相望。东汉建安十三年①,孙权、刘备火攻曹操战船,火光照耀崖壁,因名赤壁。前人《赤壁歌》②有云:"二龙争战决雌雄,赤壁楼船扫地空。烈火张天照云海,周瑜于此破曹公。"此处有赤壁、南屏、金鸾三山,起伏毗连,苍翠如绘。其中保存摩崖石刻"赤壁"二大字,劲遒雄浑,传说出于周瑜手笔,姑妄听之而已。有明洪武十八年③所镌之名人诗记及诸葛亮、刘备、关羽、张飞之画像。

【注释】

① 建安十三年:208 年。

②《赤壁歌》:即李白《赤壁歌送别》一诗。

③ 洪武十八年:1385 年。

一八〇　铜雀台

　　河北临漳县,为我国著名之古城。城分南北,北城始筑于春秋齐桓公。东汉末,曹操破袁术,以此为都城,筑三台,名金凤、冰井、铜雀。铜雀台高十丈,殿宇累累。台成,曹操命其子曹丕登台作赋,有"飞阁崛其特起,层楼俨以承天①"之语。所谓铜雀,因楼顶有大铜雀而得名。杜牧诗:"折戟沉沙铁未销,自将磨洗认前朝。东风不与周郎便,铜雀春深锁二乔。"②铜雀即指此而言。

【注释】

　　① 见曹丕《登铜雀台赋》。
　　② 见杜牧《赤壁》。

一八一　逍遥津与教弩台

　　逍遥津,在安徽合肥东北隅,古为淝水渡口,有津桥可渡。

东汉建安二十年^①，孙权率军十万攻合肥未下，为曹操守将张辽所袭。权退，津桥已被拆除，权乘骏马飞越淝水，后人名此桥为飞骑桥。《演义》有"张辽威震逍遥津"，即由此而来。附近有教弩台，《合肥县志》：台为东汉末曹操所筑，教强弩五百人以御孙权水师，故名。有"教弩松荫"，为古庐州八景之一。又合肥鸡鸣山东麓，有合肥新城，为魏青龙元年^②，都督满宠为抵御孙吴兵所筑。

【注释】

① 建安二十年：215 年。
② 青龙元年：233 年。青龙，魏明帝曹叡的年号。

一八二　水镜庄

水镜庄，又名白马洞，在湖北南漳县，背倚玉溪山，层峦迭翠，下临彝水。山腰削壁处，有一天然石室，相传司马徽隐居于此，自号"水镜"。庄前有"汉水镜先生栖隐处"石碑，为清乾隆初年所立。

一八三　定军山

　　定军山,在陕西勉县,沿汉江峰峦起伏,山上有主峰十二。山下平坦处名"武侯坪",黄忠与夏侯渊激战于此。其下为斩将桥,夏侯渊死于该地。又有武侯挡箭牌、黄忠插旗山等古迹。

一八四　灞陵桥与春秋楼

　　灞陵桥,在河南许昌西郊石梁河上,传为关羽辞曹挑袍处。桥有青石栏杆,蟠龙相交,碑碣刻挑袍图,桥西有关帝庙,桥旁立碑,书"汉寿亭侯挑袍处"七字。关帝庙内,有春秋楼,重檐回廊,上盖琉璃瓦。相传东汉建安五年①,曹操东征,俘关羽,拜之为偏将军,赐关羽一府邸,即此楼也。关羽分为两院,皇嫂居内院,羽居外院。所谓"春秋楼",即关羽秉烛夜读《春秋》之所。现存清代建筑之大殿、关公行祠等。

【注释】

　　① 建安五年：200 年。

一八五　曹魏故城

　　故城在河南许昌古城村。东汉建安元年^①，曹操迎汉献帝迁都于此。原城已毁，仅存遗迹。城内原有汉献帝庙，今亦被毁。城西南隅有毓秀台，为汉献帝祭天地处。台西有汉献帝墓，南有张、潘二妃墓。城北六公里许，五冢巍然高耸，乃伏皇后五姊妹墓，俗称"五女冢"。故城西北里许，有张飞庙。庙在隆起之高地上，庙中有风雨台。故城北十五公里许田村有射鹿台，汉献帝与曹操许田射猎，亦即在此。

【注释】

　　① 建安元年：195 年。

一八六　白帝城

　　白帝城在四川奉节县,为公孙述①所建。奉节古称鱼腹,又名夔州。公孙述割据四川,依附殿前井中有白龙出之传说,自称白帝,改鱼腹为白帝城。城垣遗址,今尚依稀可见。蜀先主刘备举兵伐吴,兵败,退守白帝。传临终时在此托孤于诸葛亮。有白帝庙,清康熙重修,塑刘备、诸葛亮像,殿两侧为碑林。

【注释】
　　① 公孙述(?—36年):字子阳,扶风茂陵(今陕西兴平)人。建武元年(25)称帝于蜀,十二年(36)为东汉所亡。

一八七　张桓侯庙

　　张飞庙有数处,以四川云阳县城外飞凤山麓之张桓侯庙为最弘伟。庙依山临江,林木葱郁,清同治九年①为洪水所淹,再行

176

修建。有结义楼、望云轩、助风阁、杜鹃亭,飞阁崇楼②,雄据江岸。

【注释】

① 同治九年:1870 年。同治,清穆宗爱新觉罗·载淳的年号。

② 崇:高。

一八八 长坂坡

长坂坡,在湖北当阳县城西。《演义》有赵子龙单骑救主。根据史载:建安十三年①,刘备被曹操追击于此,与张飞等数十骑脱走②,随军眷属被曹军围困,部将赵云抱刘备之子阿斗,奋勇血战,力保刘妻甘夫人突围。今尚有"长坂雄风"之石碑。

【注释】

① 建安十三年:208 年。

② 脱走:脱身逃走。

一八九　玉泉山寺

　　《演义》有关羽玉泉显圣一节,事涉荒诞,不足信。但玉泉山、寺,确有其迹。一名堆蓝山,在湖北当阳城西,气势磅礴,古木森然,曲溪名泉,蜿蜒倾泻。东麓有玉泉寺,为楼者九,为殿者十八,僧舍三千六百所,为荆楚①丛林②之冠。寺东尚有玉泉铁塔。

【注释】

　　① 荆楚:指湖北省。
　　② 丛林:禅林,和尚聚居修行的处所,后泛指大寺院。

一九〇　虎牢关

　　刘、关、张三雄战吕布于虎牢关。该关在洛阳东,荥阳汜水西,又名古崤①关、武牢②关、成皋关、汜水关,秦置。传周穆王射猎于郑圃，曾以进献之虎圈此豢养，因名虎牢。此关扼东西咽喉，南连嵩岳③，北临黄河，绝岸峻崖，为戍守重地。

【注释】

① 崤(xiáo)：崤山。

② 武牢：唐时因避李渊爷爷李虎之讳，改虎牢为武牢。

③ 嵩岳：嵩山。

一九一　关羽多封号

关羽封号之多，有不胜枚举之概。清赵翼《陔馀丛考》①有云：鬼神之享血食，其盛衰久暂，亦若有运数而不可意料者。凡人之殁而为神，大概初殁之数百年，则灵著显赫，久则渐替。独关壮缪在三国六朝，皆未有禋祀②。考之史志，宋徽宗始封为忠惠公。大观二年③加封武安王。高宗建炎二年④，加壮缪武安王。孝宗淳熙十四年⑤，加英济王，祭于荆门当阳县之庙。元文宗天历元年⑥，加封显灵威勇武安英济王。明洪武中复侯原封。万历二十二年⑦，因道士张通元之请，进爵为帝，庙曰英烈。四十二年，又敕封三界伏魔大帝神威远震天尊关圣帝君，又封夫人为九灵懿德武肃英皇后，子平为竭宗王，兴为显忠王，周仓为威灵惠勇公。刘若愚《芜史》：关羽崇为武庙，与孔庙并祀。本朝顺治九年⑧，加封忠义神武关圣大帝。今日南极⑨岭表，北极塞垣，凡儿童妇女，无有不震其威灵者。香火之盛，将与天地同不朽。何其寂寞于前，而显耀于后，岂鬼神之衰旺亦有数耶！

【注释】

① 《陔馀丛考》：赵翼的读书札记。

② 禋祀(yīn sì)：洁身斋戒以祭祀。

③ 大观二年：1108 年。

④ 建炎二年：1128 年。

⑤ 淳熙十四年：1187 年。

⑥ 天历元年：1328 年。

⑦ 万历二十二年：1594 年。

⑧ 顺治九年：1652 年。

⑨ 极：至，达。

一九二　北固山之遗迹

北固山为镇江名胜之一，甘露寺附近，相传为刘备应东吴招亲故迹，有试剑石、走马涧、狠石等。狠石一名石羊，谓刘备、孙权在此商共同攻曹。唐诗人罗隐①诗云："紫髯桑盖②此沉吟，狠石犹存事可寻。汉鼎未安聊把手③，楚醪④虽美肯同心。"

【注释】

① 罗隐（833—909）：字昭谏，新城（今浙江杭州新登镇）人。唐末五代时期诗人、文学家、思想家。下文所引诗为其《题润州妙善前石羊》。

② 紫髯桑盖：分别指代孙权、刘备。

③ 汉鼎：汉代的鼎，代指汉代社稷。把手：握手。

④ 楚醪（chǔ láo）：楚地产的浊酒。

一九三　逍遥津

吴樾①有一文《逍遥津和逍遥鸡》，足补我缺，节录于下：逍遥津，古为淝水津渡，位于皖省合肥市东北隅。相传曹操大将张辽击败孙权于此。今已辟为逍遥津公园，园内有逍遥湖，湖心小岛，有张辽墓。又传说，曹操亲率八十三万大军南下与孙吴交战，行至庐州，在逍遥津教弩台日练兵，因操劳过度，头痛病复发，服用配以数种药材之鸡，病痛转愈。操大悦，从此每餐必啖鸡。鸡身价百倍，被誉为"曹操鸡"，成为庐州②一大名菜。

【注释】

① 吴樾(1878—1905)：原名越，字梦霞，后改孟侠，安徽桐城人。清末革命党人。

② 庐州：合肥的别称。

附　录

《三国闲话》序[①]

康瓠子

　　吾尝读《三国志》而有感,以为三国真中国人才辈出之时也。明君贤相,猛将谋臣,各国都有之。任何一国之人才,皆足以拨乱反正,成统一而致太平。而终于不能者,则以其他二国,亦有相当相等之人才,互为相抵相消之工作也。向使三国人才合一,则东汉早已中兴,即任何二国,合纵连衡,以制第三国,战乱亦决不至如是之剧且久。故三国各有人才,人才分属三国,是天之未欲平治天下也。吾又尝读《三国演义》而重有感,夫三国人才诚为鼎盛,然其姓名行事所以家喻户晓、耳熟而能详者,则《演义》通俗宣传之功不可没也。割据之局,前乎三国,有春秋战国,何尝无如三国之人才;后乎三国,有六朝五代,亦何尝无如三国之

————————
　　①　1948年广益书局版序言。

183

人才，徒以无历史小说如《三国演义》者，其人才遂与一般国民之心思耳目绝缘，而其姓名行事之影响于风俗社会者，亦遂至有限。历史小说之效用大矣哉！《三国演义》，根据史料，博采轶闻，自出心裁，允推名构，历来考据评注者多家，今由郑君逸梅辑成《闲话》一书，包罗万象，不第为《三国志》与《演义》之功臣，实读《三国志》与《演义》不可少之良友。承嘱作序，辄抒所感。呜呼！人才何不幸而生于三国，龃龉倾轧，无以各尽其长。人才又何幸而生于三国，得名史家之记载，名小说家之描摹，使千载下犹凛凛有生气。郑君此作，更广其传，可附陈寿、罗贯中而不朽矣。

郑逸梅自述(节选)

　　我生于清末光绪二十一年乙未九月初二日(1895 年 10 月
19 日),本姓鞠。父震福公,营米业。母亲郑瑞娥,主持家务。我
年三岁,邻居失慎,家室遭殃,贫无立锥,便依靠外祖父为生。外
祖父郑锦庭公,原籍安徽歙县承狮村人。洪杨之役,避难来到苏
州,营南货业,勤劳刻苦,若干年后,成为小康,从此不作回皖计,
寄籍苏州,成为苏州人。锦庭公子国龄,字桂林,早死,因此把我
嗣给国龄名下,称外祖父为祖父了。祖父为了经商的便利,上海
也有个家,我幼时即在上海生活。

　　我的祖父,自幼失荫,没有机会读书。可是他老人家肯自己
学习,能阅看通俗小说,如《三国演义》《水浒传》等。这时我大约
四五岁吧,一个夏天,跟着祖父纳凉小庭,祖父吸着紫玉秋旱烟,
边吸边讲三国故事。什么三顾茅庐、火烧赤壁,等等,听得我出
了神,似乎诸葛亮、周瑜等人物,涌现在烟雾濛霭中。从此每天
缠着祖父续讲。有时祖父事忙,没有空闲,便使我大为失望,这

　摘自《世纪学人自述》第一卷,北京十月文艺出版社 2000 年版。

样一次、二次、三次,我焦急得哭了。转念一想,缘于我不识字,未能自己阅看,倘识了字,阅看何等便利,便要求祖父教我识方块字。这方块字,由祖父亲自缮写在红纸上(这时尚没有看图识字等书),起初每天识四个字,但为了能及早看书,要求多识几个,增加为八字。识不到几天,又不满足,再加一倍为十六个字,更由十六字扩充为三十二字。祖父深喜我敏颖,经常买了糖果奖励我。一经奖励,我好胜性来了,请再加若干字,直至每天识五十字为止。

后来进了私塾,那位私塾老师顾慰若,苏州人,是位儒医,逢到出诊,同学们总是闹着玩,捉迷藏、踢毽子,甚至扭斗,我却读我的书,从不参加。老师很赞许我。老师目力不济,有时翻检《康熙字典》,《字典》是石印的,字迹细如蚁足,看不清楚,往往指着叫我读给他听。次数多了,我渐渐懂得按部首去翻查某字。其他同学对此都茫无所知,当时我是全班中较突出的。

逢到休假,我常随祖父外出疏散。经过棋盘街的扫叶山房,看到沿窗列着许多石印书本,我好像饥者看到了食品,兀是垂涎不置,拉了祖父,要进去看看,并要祖父买《苏黄尺牍》《吴梅村词》《夜雨秋灯录》等。祖父认为我不爱玩具而爱书籍,这是好现象,不管我看得懂看不懂,就给我买了来。我得书欣喜异常,以为这是古人的好文章,现在我不懂,日后我是会懂的。再进一步,把《昭明文选》这样部头书本,也购来贮藏着,作为将来的读

186

物。有一次临帖,帖文是一篇《醉翁亭记》,我觉得这篇文章好极了,但好在哪里,却又说不出来。且不知作者为谁,问了老师,才知是宋代古文家欧阳修的名作,收在《古文观止》里。我又请祖父为我买《古文观止》。我对于这许多作家敬慕极了,把他们的名儿一一记在自订的一本小簿子上,何字何号,何处人,记在名儿的下面。既而有人告诉我,这样记录,挂一漏万,太不全面,有一专书,名《尚友录》,可以随时翻检的(这时《中国人名大辞典》尚没有出版)。这一下,当然又要祖父买《尚友录》了。奈《尚友录》是按诗韵翻检的,我不懂诗韵,这怎么办? 我下了决心,从事摸索,往往为了翻检一人,从头翻到底,既翻到了某姓,那就像西方来的船舶,到了好望角,目的不远了。翻的次数既多,居然有了把握,知道某姓在第几卷中。经过揣摹再揣摹,竟初步了解了平上去入和一东二冬三江四支等韵目。此后翻检什么,用部首和诗韵,都有门路,较为便当了。

这时上海沿城脚,有五金公所设立的敦仁学堂。这学堂介乎私塾与学校之间,有国文(即语文)、历史、英文、算术、体操、唱歌等科目,我就进入肄业,颇有成绩,每逢考试,名列前茅,获得很多的奖品。有一次,祖父为我缴学费,遇到姓柴的校长谈到了我,柴校长跷着大拇指称赞我,这使我祖父高兴极了。从此祖父大量为我购书。这时我国很少硬面烫金的精装本,商务印书馆刊出了一本精装的《三国演义》,祖父买回来给我。我视为珍宝,对小说更增加了阅读兴趣,由《三国》而《水浒》《西厢》《红楼》,并涉览金圣叹的评语,觉得笔墨恣肆,设想诡奇,更通晓由稗史走向文学的道路。

郑逸梅

一九八二年十二月